J. Ernst Remit, Hrsg.

Almanach
auf die Jahre 2015/16
für ganz Lacrimonien

Almanach
auf die Jahre 2015/16
für ganz Lacrimonien

Die Sinne des Lebens
Schriften der lacrimonischen
Akademie der Wissenschaften
Beiheft 2

J. Ernst Remit, Hrsg.

Für Maria–Theresia,
die Freundin

Bibliografische Information der Deutschen Nationalbibliothek:
Die Deutsche Nationalbibliothek verzeichnet diese
Publikation in der Deutschen Nationalbibliografie;
detaillierte bibliografische Daten sind im Internet über
http://dnb.dnb.de abrufbar.

Herstellung und Verlag
BoD – Books on Demand, Norderstedt

ISBN 978-3-7347-5104-2

Einleitung des Herausgebers

1. Zu diesem Almanach

Im vergangenen Jahr unternahm der Herausgeber dieser Seiten einen ersten Versuch, einen *Almanach für ganz Lacrimonien* zusammenzustellen: Die Idee überzeugte, ja, erwies sich für die Arbeit der Lacrimonischen Akademie der Wissenschaften[1] als unumgänglich. Jedoch drängte die Zeit – ein Jahrestag sollte eingehalten werden. In der Hast geriet dann das Ergebnis, der *Almanach auf die Jahre 2014/15 für ganz Lacrimonien*[2], zu einer peinlichen Druckfehlersammlung mit verbindenden Zwischentexten. Das hatten weder die Autoren und ihre Beiträge, noch die Leser und ihr literarischer Enthusiasmus verdient ...

Nun heilt die Zeit – zuweilen – Wunden, auch editorische. Jener Erstversuch, nur als Hauspublikation der LAW in kleinster Auflage verbreitet, ist glücklicherweise nicht mehr greifbar. Da nun die Autoren ihrem Herausgeber verzeihen konnten und der Schaden in der Leserschaft zumindest zahlenmässig überschaubar blieb, haben mich die Kollegen der LAW gebeten, einen erneuten Versuch zu wagen. Denn an den Schwierigkeiten, unter denen die Reihe *Die Sinne des Lebens* entsteht, hat sich wenig verändert, so dass die einleitenden Sätze des ersten Almanachs noch immer gelten:

> Alle grösseren editorischen Projekte, alle umfänglicheren Veröffentlichungsreihen besitzen eine Gemeinsamkeit: Sie sind in Verzug. Was ja nur besagt, dass unsere Pläne und Träume sich oft – und selbst in Lacrimonien – schneller entfalten als die meist gemächlichere und oft mühsamere Wirklichkeit.[3]

Dieser Zeitverzug stellt nun nicht nur die Geduld der Freunde der LAW auf eine ungebührliche Probe, sondern

---

[1] Im Weiteren meist als LAW abgekürzt. – Die volle Bezeichnung der Akademie lautet übrigens *Lacrimonische **A**kademie der **W**issenschaften und der schönen Künste.* Da aber hierzulande auch alle Kunst selbstverständlich als Wissenschaft gilt, wird meist der zweite Teil des Namens nur im Verkehr mit dem Ausland verwendet.

[2] Remit, J. Ernst, Hrsg. *Almanach auf die Jahre 2014/15 für ganz Lacrimonien.* (Die Sinne des Lebens. Schriften der lacrimonischen Akademie der Wissenschaften. Beiheft 1), 2014.

[3] Ebendort, p. 5.

behindert auch die Arbeit der LAW insofern, als ihre Mitglieder zuletzt kaum noch wussten, woran die Kolleginnen und Kollegen arbeiten, welchen Stand die einzelnen Projekte erreicht haben und mit welchen Ergebnissen oder neuen Fragestellungen zu rechnen sein wird.

Um diesem Übel ein wenig abzuhelfen, versucht dieser Almanach – wie schon sein Vorgänger – eine kleine Auswahl aus den derzeit vorliegenden Texten, die erkennen lassen soll, woran die Mitglieder der LAW derzeit arbeiten und was für die Zukunft zu erwarten ist. Wenn der klassische Almanach vor allem kürzere Stücke zur Unterhaltung des geneigten Publikums versammelte, ist der hier vorgelegte *Almanach auf die Jahre 2015/16 für ganz Lacrimonien* als eine doppelte Mitteilung gedacht, einerseits als Standortbestimmung innerhalb der LAW, andererseits an unsere Freunde, die sich zuletzt wohl fragen konnten, ob es uns noch gibt und denen wir gern antworten wollen: Ja, wir leben – und wir arbeiten ... und möchten Euch teilhaben lassen am Stand unserer Projekte, an der Entwicklung unserer Gedanken und an unseren Diskussionen.

Als Herausgeber wünsche ich mir aber, dass die getroffene Auswahl mehr als nur einen Bericht zum *work in progress* darstellen möge – hoffentlich ist sie dafür zu unterhaltsam. Das Urteil darüber überlassen wir aber gerne unseren Lesern.

Der Almanach bemüht sich die verschiedenen Arbeitsfelder unserer Mitglieder zu berücksichtigen. Wir konzentrieren uns auf noch nicht abgeschlossene Vorhaben. Daher wird aus dem ersten und bisher einzig erschienenen Band mit den Gedichten P. Sempers nur das Nachwort (vgl. Kap. 6) geboten, ansonsten einige noch unveröffentlichte Gedichte aus dem Umfeld der LAW.[4]

Das vorliegende Heft bietet alle Texte des Vorgängers, jedoch in den aktuellsten, überarbeiteten Fassungen, in denen nicht nur die Korrektur der Druckfehler vorgenommen wurde; einige Texte wurden neu aufgenommen. Der Leser dieser Ausgabe des Almanachs versäumt also inhaltlich gegenüber dem Erstversuch nichts.

---

[4] Ein zweiter Gedichtband wurde vorsorglich in die Projektliste der LAW-Schriftenreihe aufgenommen; vgl. unten Bd. 7.

2. Lacrimonien und die LAW – eine Vorbemerkung

Nun ist über Lacrimonien und die lacrimonische Akademie der Wissenschaften im Ausland weniger bekannt, als für das Verständnis der folgenden Texte gut sein kann.

In der Tat sind geographische Lage, Geschichte und Gesellschaft Lacrimoniens nicht nur weitgehend unbekannt, sondern auch nicht ohne weiteres mit denselben Kriterien zu beschreiben und zu verstehen, die für andere Länder erfolgreich angewendet werden. Nachdem ich mich im Nachwort zu Sempers Gedichten auf wenige Hinweise zu lacrimonischen Besonderheiten beschränken musste, mögen hier einige weitere Erläuterungen für ein besseres Verständnis hilfreich sein.

Je an ihrem Ort werden dann die Beiträge dieses Bandes, einzeln oder in Gruppen, mit einer kurzen Einleitung vorgestellt und – zumindest versuchsweise – in ein Gesamtbild der Tätigkeit der LAW und der derzeitigen intellektuellen Situation Lacrimoniens eingeordnet.

Lacrimonien

Lacrimonien entstand bekanntlich aus dem Zerfall des grossmolussischen Reiches[5], ebenso wie die weltpolitisch bedeutsameren Staaten Alt- und Neumolussien. Im geographischen Herzen Grossmolussiens lag ein Gebiet, das vor vielen Jahrhunderten unter dem Haus der Grafen vom Lac de Rimon[6] eine kurze, aber intensive Blüte der Wissenschaft und Kunst und eines selbstbestimmten Lebens erfahren hatte, ehe es im Spiel mächtiger Kräfte zerschlagen und seine Teilgebiete von benachbarten Mächten annektiert wurden.

Die drei Zentren lacrimonischer Kultur, Kalopont, Agathomund und Alethopolis, verfielen, ihre Namen wurden unterdrückt, der Lac de Rimon vielleicht sogar zugeschüttet – so sehr fürchteten die neuen Machthaber das Erbe des alten, freien Lacrimoniens – seiner freien Gedanken, der freien Rede und des freien Lebens.

---

[5] Dem Leser mag das Buch von Günther Anders, *Die molussische Katakombe* (2. erw. Aufl. München: Beck, 2012.) bekannt sein. Die grosse Namensähnlichkeit darf aber nicht zu Verwechslungen in der Sache verführen ...

[6] Zuweilen wird spekuliert, der Name Lacrimonien sei etymologisch vom lateinischen *lacrima* 'Träne' abzuleiten – wie bei vielen Volksetymologien ist dies vom sprachlichen Befund her Unsinn, obgleich ja meist die (pychologischen?) Gründe einer solchen 'naheliegenden' Herleitung durchaus eine Erörterung verdienen.

Aber auch wenn die Blütezeit Ur-Lacrimoniens politisch ohne Folgen blieb, erhielt sich doch in einem kleinen Kreis Gleichgesinnter und bei ihren Nachfahren von einer Generation zur nächsten die Erinnerung an seine einfache Grösse und schlichte Schönheit – und erwies sich als lebendig. Denn als Grossmolussien endlich in den Kriegen, die es selbst entfesselt hatte, geschlagen, zerstückelt und aufgeteilt wurde, gelang es einer kleinen Gruppe von Personen, Lacrimonien neu erstehen zu lassen: unbekannt, unscheinbar, machtlos – aber frei, sehr lebendig und glücklich.

Nun mag es erscheinen, als bliebe diese Darstellung – mehr als für die Glaubhaftigkeit förderlich – im Ungefähren. Dies ist durchaus zutreffend, aber auch verständlich: Lacrimonien wurde noch von keinem Staat der Welt diplomatisch anerkannt und auch von den Vereinten Nationen bisher nicht zur Kenntnis genommen. Lacrimonier haben daher – wie mir scheint aus besten Gründen – einen Sinn für die wohltuende Wirkung einer gewissen Grades an geographischen Unterdeterminiertheit.

Lacrimonien legt keinen Wert auf Touristen.

Die Lacrimonische Akademie der Wissenschaften

Die Geschichte ihrer Entstehung muss man als kurz und verworren bezeichnen. Heute ist sie ein loser Zusammenschluss von Gleichgesinnten, die in der Arbeit an ihren je besonderen Themen miteinander Gespräch und Austausch suchen, um in ihrem wissenschaftlichen und literarischen Schaffen eine spezifisch lacrimonische Perspektive zu entwickeln, wie sie ihnen existentiell durch ihren biographischen Werdegang ja schon zuteil geworden ist – wären sie doch anders nie nach Lacrimonien gelangt. Aber wie so oft folgt auch hier das Verstehen eben meist auf das Erleben.

Wir wollen aber nicht versuchen, diese spezifische Perspektive zu beschreiben; sie entsteht mit und in den Texten unserer Mitglieder und an ihnen wird sie auch erkennbar, nicht aber als Hypostase und Ergebnis eines metadiskursiven Spekulationsprozesses.

Folgende Arbeiten sind derzeit im Rahmen der *Sinne des Lebens*, der Schriftenreihe unserer Akademie, projektiert. Abgesehen von den ersten beiden Bänden verweist die Folge der Nennung nicht auf die zeitliche Abfolge der geplanten

Veröffentlichung hin – wie jeder weiss, der als Herausgeber mit kreativen Autoren zusammengearbeitet hat ...

Die Sinne des Lebend. Schriften der Lacrimonischen Akademie der Wissenschaften
Geplante Bände

1. Semper, P. *die sinne des lebens. gedichte.* Mit einem Nachwort *Über lacarimonische Poesie* von J. Ernst Remit. (Die Sinne des Lebens – Schriften der Lacrimonischen Akademie der Wissenschaften, Bd. 1), Norderstedt, 2013.

2. Jucund, C. *Reden über Sinn an die Gebildeten unter seinen Verächtern*. Erscheint voraussichtlich 2015. Vgl. Kap. 1 dieses Almanachs.

3. Engel, D. Ursula. *Caspar Jucund und die Geschichte der Lacrimonischen Akademie der Wissenschaften.* (Vgl. Kap. 2)

4. Baltz, Franny; Melchior, Pela. *Die Geschichte der beiden Drillinge. Oder: Tertius non datur. Lacrimonische Schicksale und ihre Legenden.* (Vgl. Kap. 3)

5. Remit, J. Ernst, Hrsg. *LEO – Lacrimonian Explorations in Ontology.* Darin u.a. Jucund, C. NEO – ONE. Non-Existent Objects and the Ontology of Non-Existents. – Melchior, Pela. Was heisst und zu welchem Ende studieren wir ontologische Onkologie? [Ersetzt bis auf weiteres die als Band 5 geplante Untersuchung von C. Jucund mit demselben Titel wie der nun für LEO vorgesehene Beitrag. Zuerst wird voraussichtlich eine deutsche Ausgabe erscheinen.] (Vgl. Kap. 4)

6. Remit, J. Ernst, Hrsg. *Excerpta bibliothecae babylonicae.* (Vgl. Kap 5)

7. Remit, J. Ernst, Hrsg. *Bevor wir zum Ende kommen ... – Späteste Lyrik aus Lacrimonien.* (Vgl. Kap. 6)

Die in dieser Übersicht als Herausgeber und Autoren genannten Personen gehören zum Kreis der derzeitigen LAW-Mitglieder. Im Anhang 1 werden sie kurz mit ihren wichtigsten Arbeiten und Interessengebieten vorgestellt.

3. Die Texte des Almanachs

Dem Leser mögen die hier vorgelegten Texte als ein merkwürdiges Konglomerat erscheinen: Gibt es einen Zusammenhang, einen übergeordneten Horizont des Verstehens? Manche Texte scheinen das Skurrile, ja, das Absurde zu streifen. Wollen, können sie denn ernst genommen werden?

Man lasse sich von dem leichten Ton, den unsere Autoren mitunter anschlagen, nicht täuschen. Alle diese Texte kreisen um die Erfahrungen des Reisens in ungewissen Gefilden, bezeugen sie, spiegeln sie, versuchen, sie zu verstehen, ihre Inkommensurabilitäten zu transformieren und, wenn nichts anderes möglich erscheint, sie als Rätsel zu verbergen. Auch der Heiterkeit und dem Scherz ist, mit dem Wort Rilkes, *ein Grund von Gegenteil bereitet*; aus diesem erwachsen sie, nur auf diesem Hinter-Grund lassen sie sich verstehen. Unsere Reisenden waren, sind unterwegs, allen gesteckten, erahnten, erhofften Zielen zum Trotz, *sans savoir, sans avoir, sans voir*[7]...

J. Ernst Remit
Alethopolis
Am Stephanstag 2014

---

[7] Jacques Derrida, Parages, nach J. D. Caputo, *The Prayers and Tears of Jacques Derrida*. Bloomington, Indiana Univ. Press. 1997, p. xxvi.

1 Reden über Sinn an die Gebildeten unter seinen Verächtern

Von Caspar Jucund

Vorbemerkung des Herausgebers

Vom Lachen gehört zu einer Sammlung von essayartigen Texten C. Jucunds, die ursprünglich und zum grösseren Teil als Vorträge für ein ausländisches Laienpublikum entstanden sind; in Lacrimonien aber gehören die Themen, die Jucund in *Über Sinn* behandelt, zum Kernbestand der öffentlichen Diskussion: Kaum vergeht eine Woche, in der nicht eine der bedeutenderen Wochenzeitungen oder der wissenschaftlichen Periodika einen Beitrag zu einem Thema veröffentlicht, wie sie in den *Reden über Sinn* bedacht werden.

Über Sinn nachzudenken, gilt vielerorts – ausser es geschähe im Rahmen der linguistischen oder logischen Semantik – als Zeichen juvenil-romantischer Retardierung, als entstünde die Sinnfrage nur dort, wo der Fragende mit den Realitäten des Lebens und der Welt nicht mehr zu Rande kommt – oder sich doch nicht mit ihnen bescheiden will. Aber ungeachtet auch des rigorosesten und auf das Konsequenteste durchgehaltenen Realismusses ist die Frage nach einem grösseren Zusammenhang für die Erfahrungen des Lebens und die Vorkommnisse unserer Welt äusserst real gegenwärtig – der sogenannte Realismus erweist sich allzu oft als eine Weltanschauung der Unbekümmerten, die brüchig wird, wenn die Kümmernisse des Lebens sich geltend machen und nach jenem grösseren Zusammenhang fragen lehren, der sich aus den *Realitäten* des Lebens selbst nicht mehr ergeben will. Die Sinn-Frage ist dann kein Luxus und auch kein Zeichen von Schwäche oder intellektueller Gestrigkeit: Vielmehr drückt sich in ihr ein Realismus höherer Ordnung aus, den das Offensichtliche offensichtlich nicht mehr zu befriedigen vermag.[8]

---

[8] Der Realismus der Unbekümmerten unterscheidet sich von dem der Resignierenden vor allem in seiner Begründung: „Es ist, wie es ist," sagen die einen, „denn es ist gut so." Die anderen aber stattdessen: „ …, denn es lässt sich ja ohnehin nicht ändern".

Aber mehr noch: In seinem Buch *Warum es die Welt nicht gibt* zeigt M. Gabriel, dass das Fragen nach Sinn das vielleicht essentiellste *proprium* des Menschen ist – und sein Sinn darin besteht, dass wir die langen Wege zurücklegen, die eine ernsthafte Suche nach der Antwort mit sich bringt – aber nicht darin, die Antwort zu finden. Die Fähigkeit so zu fragen macht den Geist des Menschen aus, jene Freiheit, sich offen sich selbst gegenüber zu verhalten, sich von sich selbst maximal zu distanzieren – um dann aus grösster Distanz zu sich selbst hin aufzubrechen.[9]

In der neueren, vor allem der französischen Philosophie virulent ist die Frage nach *dem Anderen*, das dem Sein – auch dem unseren – radikal und vielleicht ohne Vergleichspunkt gegenüber steht, es radikal infrage stellt – und es damit, wer weiss, überhaupt erst begründet. Aber dieses *Andere*, dieses *anders* – ist es nicht, gerade durch seine radikale Infragestellung, eine Form der Sinnerfahrung?

Aus diesem Zusammenhang ist wohl auch der Titel zu verstehen, den Jucund für den geplanten Vortragsband gewählt hat. *Reden über Sinn an die Gebildeten unter seinen Verächtern* ist als Anspielung auf das Buch, mit dem Schleiermacher[10] 1799 über Nacht bekannt wurde, weder ein Hinweis auf die Selbstüberschätzung des Autors noch eine bloss historische Reminiszenz – vielmehr scheint mir hier der Zusammenhang zwischen Sinn, Geist und dem Unendlichen mit leiserem Lächeln evoziert zu werden.[11]

Für den *Almanach* haben wir allerdings *Vom Lachen* ausgewählt, denn man kann Lacrimonien nicht verstehen ohne sein

---

[9] Gabriel, M. *Warum es die Welt nicht gibt*. Berlin, 2013. – Den oben skizzierten Gedankengängen folgen wir gerne und mit Erleichterung. – In anderen Fragen können wir dem Autor nicht zustimmen: Viele seiner philosophischen Positionen betrachten wir mit Staunen und müssen sie wohl gar vor allzu strenger Beurteilung schützen, könnten sie doch, wenn nicht dem Inhalt, so doch dem Alter nach für einen Dreiunddreissigjährigen durchaus angemessen sein. Grundsätzlich aber darf man wohl getrost bezweifeln, dass es – um einen substanziellen Fortschritt in der Philosophie zu erreichen – ausreicht, Immanuel Kant einen närrischen Alten zu nennen ...

[10] Schleiermacher, Friedrich Daniel Ernst. *Über die Religion. Reden an die Gebildeten unter ihren Verächtern*. (Nachdruck: Philosophische Bibliothek Bd. 255. Hamburg: Meiner.) Berlin: Unger, 1799.

[11] Vgl. dazu auch wieder das genannte Buch von Gabriel, der diesen Zusammenhang zu verdeutlichen versucht und passendst darauf hinweist, dass bei Schleiermacher Religion „Ausdruck unseres Sinns und Geschmacks für das Unendliche sei".

Lachen verstanden – besser noch: gelacht – zu haben. In *Über lacrimonische Poesie*[12] hiess es:

> Ganz Lacrimonien, [...] gilt heute als eines der heitersten, ja der glücklichsten Länder dieser Erde. [...]

und

> Unter den Lacrimoniern, die dieses Land des *leiseren Lächelns* und des *leichteren Wortes* bewohnen, ist der Ursprungsmythos lebendig, der Kosmos sei aus den Tränen des Urvogels entstanden, die sich entzündeten zum ersten, grossen, welterschaffenden Tränenbrand.
> So weinen auch heutigen Tages die Lacrimonier noch mit leiserem Lächeln bei manchen ihrer leichteren Worte eine verborgene Träne – im Andenken an den Urvogel, aus dessen Vergehen die Welt und alle Kreatur hervorging.

Das Lachen erst[13] führt in die Ganzheit des Lebens ein, denn im Lachen bricht sich die Erkenntnis erfahrbare Bahn, das Leben könne auch anders sein. Diese Erkenntnis erwächst nicht aus der Kontemplation, aus dem Verweilen der anschauenden Ratio bei einem Sachverhalt, sondern gleichsam aus einer spontanen Neujustierung des limbischen Systems, der Umkehrung der Wertung eines realen Sachverhalts: Das hier und jetzt Wirkliche entlarvt sich – meist selbst – als das nicht End-Gültige. Im Lachen scheint die Veränderbarkeit einer realen Situation auf – ihr revolutionärer, utopischer, ja vielleicht sogar eschatologischer Überhang.

Die hier skizzierte Perspektive auf die belachte Welt formuliert Jucund ungleich behutsamer – er will seine Zuhörer zu einer Entdeckungsreise einladen, nicht sie verschrecken, sie nicht in ihre seelischen und geistigen Realwelt-Bunker hineintreiben. Aber – so hoffe ich – ist es nicht das Vorrecht eines Herausgebers, Gedanken zu explizieren, die er im herausgegebenen Text nur zwischen den Zeilen glaubt entdeckt zu haben?

Eine frühere Sammlung der Vorträge kursierte in Lacrimonien in hektographierter Form[14] als die *Franziskanischen*

---

12 P. Semper. *die sinne des lebens. gedichte.* 2013; p. 155. – Das Nachwort ist weiter unten abgedruckt.

13 Mit einer Ausnahme, jenem Auslachen des Schwächeren, das dem Lachen insgesamt in der Geistesgeschichte lange Zeit zu einem schlechten Ruf verholfen hat. Vgl. §2 „Die Superioritätstheorie" in Jucunds Beitrag.

14 Die Hektographie als Vervielfältigungstechnik von Schriftstücken ist hierzulande noch immer lebendig: Sie bietet ein zu sinnliches Erlebnis, als dass

Waldpredigten. Denn ist nicht die Predigt jener Ort, an dem der Redende den *kairos* einer Erkenntnis sucht – jenen Punkt, von dem sich das zu Erkennende dem Erkennenden auf seinen Lebensvollzug hin erschliesst?

Vom Lachen – Scherzo über ein ernstes Thema

1. Lachen ohne Theorie? – Das hereinbrechende Lachen

Es ist verlässlich überliefert, einst sei die Radioübertragung eines feierlichen Konzertes – stellen Sie sich bitte die Situation bildlich vor – mit den folgenden Worten angekündigt worden:

> Sie hören jetzt die h-Mess-Molle,
> Verzeihung, die h-Moss-Melle,
> ich bitte sehr um Entschuldigung,
> die h-Moll-Messe
> von Johann Sebaldrian Bach –
> ich häng mich auf!
>
> (H. Leuninger 1996)

Aber nun – all die unter Ihnen, die soeben – trotz aller Feierlichkeit – gelacht haben: Worüber bitte? Was war der Gegenstand Ihrer Erheiterung?

Nein – bitte nicht zu schnell ein schlechtes Gewissen! Mit grosser Wahrscheinlichkeit haben Sie eben nicht über den armen Ansager gelacht. Im Gegenteil: Sie haben für ihn spontanes Mitleid empfunden! Gelacht haben Sie über seinen Versprecher.

Der Mann tut uns wirklich leid – aber dennoch: Wir können das Lachen nicht unterdrücken, es bricht über uns herein. Wir finden die Situation nicht lächerlich, sondern komisch – um dann selbst Opfer der Auswirkungen dieser Empfindung zu werden.

Den Medizinern gilt das Lachen als ein Reflex. Reflexe aber entziehen sich unserer willkürlichen Kontrolle. Nun hat uns aber vorhin niemand unter den Armen oder am Bauch gekitzelt – trotzdem haben wir gelacht. Das heisst, da hat anderes als ein körperlicher Reiz auf uns eingewirkt – und

---

sie in Vergessenheit geraten könnte.

doch konnten wir nicht anders als zu lachen. (Die unter Ihnen, die soeben nicht lachen mussten, dürfen trotzdem unbesorgt sein – entweder kannten Sie die Geschichte ja schon oder – aber für dieses Oder müssen Sie noch etwas Geduld aufbringen.)

Halten wir einen Augenblick inne – jetzt müssten wir fragen, was denn, bitte sehr, das Komische ist, das uns entweder entgeht oder dem wir mit unserem Lachen zu antworten gezwungen sind. Aber ehe wir diese Frage stellen, unterbrechen wir unseren Gedankengang für einen Augenblick.

Diesen Augenblick wollen wir mit Franz Kafka verbringen und eine Episode betrachten, die er in seinen Briefen an Felice Bauer berichtet.

Kafka wird irgendwann im Lauf des Jahres 1911 im Hinblick auf eine in Aussicht stehende Beförderung mit zwei Kollegen zum Präsidenten der „Arbeit- und Unfall-Versicherungsanstalt für das Königreich Böhmen" gerufen. Eine kleine Zeremonie beginnt, Kafka bekommt mit Unterbrechungen kürzere Lachanfälle, die er noch als Hustenepisoden tarnen kann. Dann beginnt aber der Präsident seine Rede und nun … Doch hören wir dazu Kafka selbst:

> Zuerst lachte ich nur zu den kleinen hie und da eingestreuten zarten Späßchen des Präsidenten; wärend es aber Gesetz ist, dass man zu solchen Späßen nur gerade in Respekt das Gesicht verzieht, lachte ich schon aus vollem Halse. Ich sah, wie meine Kollegen aus Furcht vor Ansteckung erschraken, ich hatte mit ihnen mehr Mitleid als mit mir, aber ich konnte mir nicht helfen, dabei suchte ich mich nicht etwa abzuwenden oder die Hand vorzuhalten, sondern starrte immerzu dem Präsidenten in meiner Hilflosigkeit ins Gesicht, unfähig, das Gesicht wegzuwenden, wahrscheinlich in einer gefühlsmäßigen Annahme, dass nichts besser, alles nur schlechter werden könne und dass es daher am besten sei, jede Veränderung zu vermeiden. Natürlich lachte ich dann, da ich schon einmal im Gange war, nicht mehr bloß über die gegenwärtigen Späßchen, sondern auch über die vergangenen und die zukünftigen und über alle zusammen, und kein Mensch wusste mehr, worüber ich eigentlich lache.
>
> Zitiert nach Kuschel 1998, p. 173

Es wird dann alles noch schlimmer – Kafka lacht und lacht, erlebt gleichzeitig aber Existenzangst, Schuld- und Ohnmachtsgefühle. – Schliesslich verlässt er den Raum.

Inzwischen wissen Sie, aus welchem Grund ich Ihnen hier diese Geschichte erzählt habe. Sie ist ein prototypischer Erfahrungsbericht über das *hereinbrechende* Lachen. – Signalisiert es nicht eine Wirklichkeitsebene eigener Art, die sich von unserer Alltags- und Zweck-Wirklichkeit unterscheidet und – zumindest gelegentlich und immer wieder – in sie hineinbricht?

Der Soziologe Alfred Schütz hat den Gedanken entwickelt, dass wir Menschen in mehr als einer Wirklichkeit leben. Beherrscht ist unser Leben von der Alltagsrealität als dominanter Wirklichkeit, in der wir zweckorientiert handeln, um bestimmte Ziele zu erreichen – beruflicher, finanzieller, persönlicher Art. Neben dieser ernsten, effektiven und nützlich organisierten Wirklichkeit aber liegen „finite provinces of meaning", „geschlossene Sinnbezirke" des Lebens, die anderen Regeln folgen. Solche „Sinnbezirke" sind z.B. der Traum, das religiöse Erleben, die ästhetische Wahrnehmung und Erfahrung, Erotik und Sexualität – und eben auch: das Komische (vgl. Berger p. 8ff.).

Jeder Übergang zwischen Alltagswirklichkeit und einem dieser geschlossenen Sinnbezirke – und zurück – erfordert eine kleine Anstrengung und eine Reorientierung. Wir wissen, wie mühsam es sein kann, aus einem intensiven Traum, aus einer ergreifenden Theateraufführung zurück in die Alltagswirklichkeit zu finden. Wir wissen aber auch, wie mühsam unangekündigte Scherze sein können, ebenso wie die übergangslose Rückkehr eines Scherzenden in die Sprech- und Verhaltensweisen der Alltagswirklichkeit.

Gemeinsam ist allen „umgrenzten Provinzen des Sinns", dass in ihnen die Alltagswirklichkeit ausser Kraft gesetzt wird, in ihnen Alternativen zur dominanten Realität der Zwecke und Mittel erahnbar werden. Gemeinsam ist ihnen, dass der Aufenthalt dortselbst immer strikt befristet, häufig von eigenen religiösen oder säkularen Riten begleitet ist und sorgsam darauf geachtet wird, dass die Wirklichkeit der begrenzten Sinnbezirke nicht bleibend hinüberspült in die dominierende des Alltags – Scherz ist Scherz und Ernst ist Ernst.

Aber lassen wir diese Frage offen und kehren zu der vorigen zurück. – Was ist das Komische? Was macht uns lachen?

2. Die Superioritätstheorie:
Wenn man die Menschen auslacht[15]

Bei Homer lachen die Götter über Griechen und Trojaner, über ihr Kriegselend und ihr tausendfaches Leid. An anderer Stelle lachen sie über einen der Ihren, über den betrogenen Ehemann Hephaistos, der seine Frau Aphrodite und ihren Geliebten Ares in flagranti in einer von ihm konstruierten Falle gefangen hat und die anderen Olympier zur – moralischen – Hilfe herbeiholt. – Vergebens: Nur drei kommen – und lachen ihn aus. Ihr Lachen hat keine Moral. Im Konflikt zwischen *la belle et la bête* schlagen sie sich ohne Zögern auf die Seite der schlimmen Schönen.

Denn schön sind sie selbst – anders als Hephaistos, der hässliche, behinderte, stets verrußte göttliche Schmied. – *Wer den Schaden hat, braucht für den Spott nicht zu sorgen,* sagt das Sprichwort, es ist wohl sehr alt, so alt wie das Lachen der Schadenfreude, das Lachen des Stärkeren.

Aber – kann man in diesen Szenen etwas Komisches entdecken? – Wohl kaum: Hier bleibt alles wie es ist – mehr oder minder schrecklich.

Komplizierter liegen die Verhältnisse in der nächsten Geschichte. So erzählt Sokrates, in Platons Dialog Θεαίτητος (dt. *Theaetet* oder *Theätet*) die folgende Anekdote über Thales von Milet (retransponiert in direkte Rede):

> So erzählt man sich von Thales, er sei, während er sich mit dem Himmelsgewölbe beschäftigte und nach oben blickte, in einen Brunnen gefallen. Darüber habe ihn eine witzige und hübsche thrakische Dienstmagd ausgelacht und gesagt, er wolle mit aller Leidenschaft die Dinge am Himmel zu wissen bekommen, während ihm doch schon das, was ihm vor der Nase und den Füssen liege, verborgen bliebe.
>
> (nach Kuschel 35)

Hier lacht die Sklavin über den Philosophen, die Fremdbestimmte über den Freien. Sie gewinnt aus der Szene, deren Zeugin sie geworden ist, ein Gefühl der Überlegenheit. – Das sieht wiederum nach dem Lachen des Stärkeren aus – ist es aber nicht: Sie ist die Sklavin. Aber immerhin – der Vorfall zeigt: Die Grössen- und Machtverhältnisse lassen sich auch

---

[15] Vgl. Geier p. 146ff.

umgekehrt denken. Die Alltagswirklichkeit ist nicht ohne Alternative.

Aber dieses Lachen hat seine Grenzen: Hätte Thales sich ernsthaft verletzt, wäre er auch dann von der Frau ausgelacht worden? – Wir lachen über den gravitätischen Herrn, der auf einer Bananenschale ausrutscht, aber nicht über das Kleinkind, das noch nicht recht zu laufen weiß und stürzt. – Grenzenlos lachen nur die alten Götter und die jungen Toren.

Beispiele für Anekdoten und Witze, die auf das Lachen des – manchmal nur heimlich – Stärkeren abzielen, sind Legion. Von der Zeit des antiken Griechenlands an bis zu Thomas Hobbes stand daher das Lachen in schlechtem Ruf.

3. Die Inkongruenztheorie
Wenn man über widersinnige Dinge lacht[16]

Aber kehren wir zu unserem Eingangsbeispiel zurück, jenem grossen Versprecher. Da lachen wir nicht als die Stärkeren, sondern – als die Verwirrten. Wir lachen über den Widersinn. Kant erzählt einen Witz dieser Art: Ein reicher Erbe hat, um für eine recht würdige Beisetzungsfeier zu sorgen, bezahlte Trauergäste angeworben. Aber – so Kant – die Rechnung geht nicht auf, der Erbe hat Grund zur Klage: „Je mehr ich meinen Trauerleuten Geld gebe, betrübt auszusehen, desto lustiger sehen sie aus" (bei Geier p. 156). Hier liegen die echte und die simulierte Trauer sowie diese und die Freude über einen guten Tagesverdienst miteinander in widersinnigem Gegensatz.

4. Die Entspannungstheorie
Wenn eine nervöse Anspannung abgeführt wird[17]

Kant selbst bestimmt in der *Kritik der Urteilskraft* das Wesen des Lachens wie folgt: „Das Lachen ist eine Effekt aus der plötzlichen Verwandlung einer gespannten Erwartung in nichts."

Ein Mathematiker-Witz, den ich besonders schätze, zeigt dies sehr schön:

---

[16] Vgl. Geier p. 154ff.
[17] Vgl. Geier p. 175ff.

Ein Mathematiker, ein Physiker und ein Ingenieur befinden sich in einem Hotelzimmer im obersten Stock, als plötzlich ein Brand ausbricht. Der Lift ist ausgefallen, im Treppenhaus brennt es, eine Feuerleiter ist nirgends in Sicht. Es bleibt nur der Weg aus dem Fenster, der Sprung in die Tiefe. Glücklicherweise liegt darunter in der Tiefe der Swimmingpool des Hotels. Der Ingenieur will als erster springen, zeichnet eine kurze Skizze auf ein Blatt, nimmt einen langen Anlauf und springt hinaus. Er muss jedoch wild mit Armen und Beinen rudern, um seine Bahn zu korrigieren, schlägt fast auf den Beckenrand und landet mit Mühe und grossem Schrecken heil im Wasser. Als nächstes bereitet sich der Physiker vor, führt auf einem Blatt eine schnelle Berechnung durch, nimmt einen kurzen Anlauf, springt – und landet sicher genau in der Mitte des Pools. Der Mathematiker schliesst kurz die Augen, zählt etwas an den Fingern ab, läuft drei Schritte, springt und – erhebt sich, statt zu fallen, in die Luft. „So ein Mist," stöhnt er, „Vorzeichenfehler!"

Hier löst sich die Spannung der Erzählung auf in – nichts, oder doch fast nichts. Ein anderer Witz, der in der philosophischen Fakultät einer alten Universität umging, zeigt ein ähnliches Schema. Dort gab es einen Professor, vielleicht hieß er Meier, der seit Jahren nichts mehr publiziert hatte. Eines Tages sagt ein Kollege zum andern: „Haben Sie schon gehört? Meier hat endlich wieder einmal einen Artikel geschrieben!" Fragt der andere: „Was denn für einen Artikel?" – „Einen unbestimmten Artikel!"

Auffällig ist in diesen Geschichten die Tendenz zur Verkleinerung, die in Witzen und komischen Episoden häufig zu beobachten ist. – Liegt dies daran, dass die Wirklichkeit, um veränderbar sein zu können, leichter und kleiner sein sollte, als sie uns im Alltag erscheint?

Diese Auswahl an Theorien, die das Lachen zu erklären versuchen, mag genügen, auch wenn ich Ihnen gewichtige Vertreter, wie etwa die von Sigmund Freud, hier unterschlagen habe, obwohl seine Arbeiten zu unserem Thema vergnüglich und mit Gewinn zu lesen sind.

5. Der Narr

Der geschlossene Sinnbezirk des Komischen erhält – wie alle anderen dieser Bezirke – in einer jeden Gesellschaft eine Form, die ihn eingrenzt, die Gefährdungen für die Organisation und Geltung unserer Alltagswelt eindämmt und domestiziert: die Komödie, die im Theater zu festen Zeiten auf dem Spielplan steht; der Witz, den man sich in Gesellschaft nach gehöriger Ankündigung erzählt; der Karneval, von Weiberfastnacht bis Aschermittwoch – und so fort. Und immer gab und gibt es Personen und Rollen, die in besonderer Weise das Recht, aber auch die Aufgabe haben, das Komische zu verkörpern und darzubieten: den Kabarettisten, den Clown. Und von alters her – den Narren.

Die Gestalt des Narren hat eine lange Tradition, im westlichen Kulturkreis beginnend mit den Akteuren des Dionysoskults und seiner späteren römischen Adaption, den Saturnalien (Berger 88). Im Mittelalter finden wir das *fahrende Volk* – eine gemischte Gesellschaft aus „Pilgern, Predigern, Gelehrten, Spielleuten, wohl auch Dieben und allerlei Unterhaltungskünstlern – Musikern, Gauklern, Akrobaten" (Berger ebd.).

> „Der mittelalterliche Narr war ein Amalgam all dieser Rollen und trat oft in der Tracht der einen oder anderen auf, so daß er nur an seinem Agieren erkannt werden konnte. Die wandernden Narren waren oft einstige Mönche […], die aus den Klöstern verstoßen worden waren, die Klosterdisziplin selbst abgeworfen hatten oder Opfer einer wirtschaftlichen Krise geworden waren […88/89 … – Sie] lebten, ständig unterwegs, am Rande der Gesellschaft von ihrer geistigen Beweglichkeit." – „In seiner Randexistenz genoß der Narr eine seltsame Freiheit – die heute noch im Deutschen als Begriff erhaltene Narrenfreiheit." (Berger 88f.)
> „Ein Zentralthema der Narrheit war die Umkehrung. Sie wurde buchstäblich an Sprache und Ritual vollzogen – lateinische Sätze wurden rückwärts gesprochen, katholische Zeremonien in umgekehrter Reihenfolge vollzogen. Überhaupt alles wurde bei den Auftritten der Narrheit umgekehrt – alle sozialen Unterschiede […] und Hierarchien (auch die der Kirche) wurden ausgelöscht, parodiert, umgekehrt. Im Spätmittelalter kam es zu der merkwürdigen Synthese von Narrheit und Tod, die sich in den karnevalistischen Totentänzen ausdrückte. […] Die Narrheit, die alle soziale Ordnung relativiert und untergräbt, deutet am Ende auf den Tod hin, der alle soziale Ordnung auslöscht." (Berger 89)

Im Verlauf der frühen Neuzeit verfällt das Narrentum als Teil der Volkskultur, der Narr aber existiert weiter – es entwickelt sich eine strenger formalisierte und professionalisierte Form: Der Hofnarr. – Gleichzeitig wird er in der Literatur unsterblich – *Das Narren Schyff* von Sebastian Brant erscheint

1494, 1515 eine Sammlung mit den Streichen *des grossen Narren Till Eulenspiegel* und 1511 Erasmus von Rotterdams *Lob der Torheit*.

Neben diesen Formen des Narrentums, die als Teil der Volkskultur die dominierende Wirklichkeit auf Widerruf stellen, gibt es die Tradition des *heiligen Narren*. Sie gewinnt im sechsten Jahrhundert Bedeutung, ein früher prägender *heiliger Narr* dieser Zeit ist Symeon von Emesa[18]:

> St. Symeon war ein Einsiedler, der östlich des Jordan lebte. Auch er begann die Städte und Dörfer dieser Landschaft zu durchstreifen. Er bewarf die Leute in der Kirche mit Walnüssen, stürzte die Stände der Straßenhändler um, tanzte auf der Straße mit Prostituierten, drang in die Badehäuser der Frauen ein und aß demonstrativ reichlich an Fastentagen. Zuerst reagiert man natürlich mit Zorn auf sein Verhalten. Dann kam man zu dem Schluß, dass es tiefe religiöse Mysterien symbolisierte, und man verehrte Symeon als einen Mann von heiliger Lebensführung.
>
> (Berger 225)

Im Bereich der russisch-orthodoxen Kirche gibt es berühmte *heilige Narren*, die dann auch heilig gesprochen wurden, bis weit ins 16. Jahrhundert hinein. Aber im Laufe der Zeit wurde den politischen Autoritäten und dann auch der Kirche diese Form des existentiellen Gegenentwurfs suspekt – die Herrschenden verfolgten seine Anhänger, die Kirche hörte zumindest auf, sie heilig zu sprechen.

6. Das Lachen unter Tränen

Nicht weit ist es vom Narren zum Clown, vom Lachen des Narren zum Lachen unter Tränen. Einer der prominentesten unter Tränen Lachenden ist Tewje, der Milchmann, eine Gestalt aus den Erzählungen von Scholem Alejchem. Im Mai 1882 hat die Regierung des zaristischen Russland verschärfte Gesetze gegen die im Lande lebenden Juden beschlossen. Als Tewje eines Abends von einer Fahrt heimkehrt, findet er das ganze Dorf vor seinem Haus versammelt (Berger 146):

> Der Dorfälteste, Iwan Poperilo, teilt ihm mit, dass ein Pogrom stattfinden muß:

---

[18] Vgl. http://en.wikipedia.org/wiki/Simeon_the_Holy_Fool.

„Die Sache, Tewje, ist die. Wir haben eigentlich nichts gegen dich persönlich … Aber ein Pogrom muß sein, der Gemeinderat hat das so beschlossen, da ist nichts zu machen. Wir werden dir", sagte er, „wenigstens die Fenster einschlagen, denn sonst fährt vielleicht jemand durchs Dorf und sieht, dass es hier noch kein Pogrom gegeben hat, und dann sind wir selbst dran."

Schließlich darf Tewje, nachdem er mit Poperilo Tee getrunken und diskutiert hat, welche Form von Pogrom am besten wäre, seine eigenen Fensterscheiben einschlagen – „es sind ja deine Fenster… und du kannst sie geradsogut persönlich einschlagen."

Bei anderer Gelegenheit erfahren wir folgendes: Hodel, eine der Töchter Tewjes, hat einen Habenichts geheiratet, einen Studenten und Revolutionär, aus Liebe. Und es kommt, wie es kommen muss: Bei der ersten Gelegenheit wird er verhaftet, verurteilt und schliesslich in die Verbannung in die Weiten Sibiriens geschickt. Hodel beschliesst, ihrem Mann dorthin zu folgen, Tewje versucht es ihr auszureden, mit grotesken Geschichten über die sibirischen Verhältnisse, aber ernst und eindrücklich klingt das nicht. Dann erfahren wir den Grund – Tewje kommentiert sein Verhalten im Stillen:

So spreche ich zu ihr wie im Scherz, doch mein Herz weint. Aber Tewje ist kein Frauenzimmer, Tewje kann sich beherrschen.

(Berger 145)

Aber nur solange, bis er seine Tochter zum Bahnhof begleitet hat und sie abgereist ist. Dann weint er doch. Die Episode schliesst dann so, dass Tewje das Wort an seinen Erfinder richtet:

Wisst ihr was, Pane Scholem Alejchem? Wollen wir besser von etwa Lustigerem reden. Was hört man Neues von der Cholera in Odessa?

(Berger 146)

7. Das erlösende Lachen

Wir stehen vor einem letzten Schritt. Bevor wir ihn gehen, lassen Sie uns noch einmal kurz zurück schauen. War es nicht so, dass dort, wo gelacht wird, ein Gegensatz – und sei es nur für einen Augenblick – aufgehoben wird, indem einer der Spannungspole diminuiert, verkleinert, in Geltung und Gewicht reduziert wird?

Im Lachen des Siegers und der Schadenfreude ist diese Reduzierung bereits in der Wirklichkeit erfolgt – schon vor dem Lachen gibt es einen Verlierer, der an Gewicht eingebüsst hat. In der Ironie setzt der ironisch Sprechende intellektuelle und sprachliche Maschinerien in Gang, um die Verkleinerung zu bewirken und die Spannung aufzulösen. Dort aber, wo uns das Komische als Widerfahrnis begegnet, ereignet sich ein Erkennen: Die lastende Dominanz unserer vernünftigen, zweckverfallenen Alltagswirklichkeit wird plötzlich – und sei es nur für einen Augenblick – erkannt als eine, zu der es Alternativen gibt, wo die wirklichen Gewichte anders – will sagen, humaner und lebendiger – verteilt sind. Die Alltagswirklichkeit wird auf ein menschliches, nämlich vorläufiges Mass reduziert. Und dort kann der Lachende auch über sich selbst lachen und seine eigene Wichtigkeit, die Last seiner Not und seine Überforderung auf ein menschliches – und damit erträgliches – Mass reduzieren.

Wir stehen nun an einer Schwelle – es bleibt uns nur noch eine Art des Lachens, über die wir zu sprechen haben. Jenes Lachen, das nicht nur unserer Alltagswirklichkeit die Fenster und Türen aufstößt, sie durchscheinend macht für andere Möglichkeiten hinter oder über ihr, sondern in dieses Andere hinüberleitet – es ist das erlösende Lachen.

Diese Redensart greift in der Umgangssprache meist zu kurz, meint sie dort doch meist nur das lösende, nämlich Spannung lösendes, Lachen. – Aber vielleicht gibt es ja auch *erlösendes* Lachen in einem stärkeren Sinne?

In der Begegnung mit dem erlösenden Lachen betreten wir unbekanntes und unverfügbares Gelände, gelegen jenseits des Komischen und auch jenseits des Humors. – Was aber liegt dort, dass wir lachen, wenn wir es betreten oder seiner ansichtig werden?

Lassen Sie mich vor dem Unsagbaren ausweichen und hinüberwechseln in eine uneigentliche Form des Sprechens. In den folgenden Ausschnitten aus einem Gedicht scheint das erlösende Lachen auf in Bildern, die keine Antworten bergen, nichts erklären, aber doch das fremde Land, von dem ich sprach, beleuchten mögen. Der Text kleidet sich in die Form eines Mythos von der Entstehung des Kosmos. Bevor wir dort aber zum Lachen gelangen, müssen wir etwas ausholen:

Aus: kosmogonie

(i)
am anfang
bevor Gott
der Dreieinsame
den himmel schuf das licht
und die erde
machte Er schweigend
den unendlichen
leeren raum
und den ur
vogel der nacht

(ii)
der lautlos glitt
auf reglosen flügeln
in Gottes schweigen
durch all Seine weiten
äonenweit
namenlos
füllte er
des Alleinsamen leere
mit endlosem flug
allüberall seine bahn
spurlos in Gottes
dunkelstem auge

In den folgenden Passagen, die ich hier nicht vortrage, erfahren wir, wie diese unendliche Leere sich durch den re-
gungslosen Flug des Urvogels füllt, verdichtet, anfüllt mit den
Ur-Steinen, bis diese den Vogel ganz umfangen und sich an
ihm und seiner eingeschlossenen Energie entzünden, explo-
dieren – um zu Sternen, Galaxien und allen Welten, dem
ganzen Kosmos zu werden. Der Text fährt fort:

(vi)
dann
endlich
öffnete Gott
der Alleinsame
Sein helles auge
und sprach
es werde
und endlich
brachen dem vogel
das auge das herz
und die flügel und
masslos stürzte er

24

äon um äon
lachend
in des Alleinsamen
masslos gewaltige
zärtliche hand

aus seinem lachen
aber stiegen
die sanften planeten
die freundlichen monde
und aus den helleren klängen
aller welten lebendige
kreatur

aus dem lachenden
blinden auge aber
schwebten die kleinen
singenden vögel
der erde
hervor

P. Semper, kosmogonie

Darum: Lassen Sie uns dem Lachen folgen, wenn es uns begegnet: Wer weiß, was daraus entstehen wird – in dieser oder einer anderen, vielleicht wirklicheren Welt?

Vielen Dank für Ihre Aufmerksamkeit!

Literatur

Berger, Peter L. 1998. *Erlösendes Lachen. Das Komische in der menschlichen Erfahrung*. Berlin, New York: de Gruyter.

Freud, Sigmund. 1905. Der Witz und seine Beziehung zum Unbewußten. In ders. 1992. *Der Witz und seine Beziehung zum Unbewußten / Der Humor*. (Werke im Taschenbuch.) 9. Aufl. Frankfurt a.M.: Fischer.

Geier, Manfred. 2007. *Worüber kluge Menschen lachen: Kleine Philosophie des Humors*. rororo.

Kuschel, Karl-Josef. 1998. *Lachen. Gottes und der Menschen Kunst*. 2. Aufl. Tübingen: Attempo.

Leuninger, Helen. 1996. *Reden ist Schweigen, Silber ist Gold. Gesammelte Versprecher*. (Original 1993, Zürich: Ammann.) München: dtv.

Martin, Rod A. 2006. *The Psychology of Humor. An Integrative Approach*. New York usw.: Academic Press.

Raskin, V. ed. 2009. *The Primer of Humor Research* (Humor Research 8). Berlin, New York: Mouton de Gruyter.

Schütz, Alfred. 1962. On multiple realities. In ders. *Collected Papers I*. Den Haag, p. 207ff.

2 Zur Geschichte der LAW

Vorbemerkung des Herausgebers

Der projektierte Band zur Entstehung und Geschichte der LAW wird von Dorothee Ursula Engel bearbeitet. Sie stand Caspar Jucund in jenen unruhigen Jahren sehr nahe, denn beide waren Kollegen am GIAS, das man als – wenngleich unfreiwillige – Keimzelle der LAW sehen darf.

Das GIAS wiederum entstand mit der Idee, im Süden Neumolussiens ein *Institute of Advanced Studies* zu schaffen, kam aber aus dem vorläufigen Stadium einer erweiterten Planungsphase mit provisorischem Probebetrieb nie heraus – es war eben nur ein *Geplantes Institute of Advanced Studies* – das **GIAS**.

Nun hatten es die Organisatoren und Financiers des GIAS, eine Gruppe – *horribile dictu* – ausschliesslich von Politikern, Ökonomen, Trendsettern und Vertretern *gesellschaftlich relevanter Gruppen* im Überschwang ihrer *managerial skills* – und dem daraus folgenden Desinteresse an inhaltlichen Fragen – leider, aber glücklicherweise, den designierten Mitgliedern des GIAS überlassen, die Felder der zukünftigen wissenschaftlichen Tätigkeit des GIAS zu bestimmen. Man hatte nur darauf gedrungen, dass die potentiellen privaten Geldgeber bei der *Benennung* der Fächer bzw. der Lehrstühle angemessen zu berücksichtigen seien.

Die Betroffenen meisterten die Zumutung mit *contenance*: Da ihre Berufungen unter Finanzierungsvorbehalt erfolgt waren – die vorbehaltlosen Zusagen jedoch auf sich warten liessen – definierten sie ihre Arbeitsfelder provisorisch und wählten die Bezeichnungen vorläufig. Einzig Jucund war entschlossener: Die *Perhaps-Insurances, Inc.* hatten ihm eine Finanzierung in Aussicht gestellt – vielleicht würde die Gesellschaft ihn fördern. So nannte Jucund seinen projektierten Lehrstuhl den *Perhaps-Chair of General, Very Specific, and Unexpected Linguistics* – mit dem Hinweis, dass er nur so *heisse*, weil er auch so *sei*. – Die Skizzierung der weiteren Entwicklung des GIAS bis zur Entstehung der LAW – nebst einiger feindlicher Cousins oder Cousinen – möge aber der Kollegin Engel vorbehalten bleiben.

Der geplante Band wird zum einen Dokumente aus den bewegten Zeiten vor und nach der Auflösung und Umgründung des GIAS bieten; ohne diese Ereignisse wäre es wohl kaum, zumindest nicht so bald, zur Gründung der LAW gekommen; zum anderen soll er lange verschollen geglaubte und wieder aufgefundene Arbeiten aus den frühen Jahren Jucunds erneut zugänglich machen. Aus beiden Sparten haben wir hier Proben in den Almanach aufgenommen in der Hoffnung, damit nicht nur historische Merkwürdigkeiten zu bieten, sondern etwas von der Auf- und Umbruchstimmung jener Jahre wieder spürbar werden zu lassen und damit – wer weiss – neue Aufbrüche zu befruchten.

Aber auch wenn unsere Textauswahl nur etwas die Neugier weckt auf den kommenden Band, wären meine Wünsche als Herausgeber dieses Kapitels bereits mehr als erfüllt.

C. Jucund und die Geschichte der LAW

Von D. Ursula Engel

Erster Teil: Aus der (Vor-) Geschichte der LAW

1. Rundbrief an die Freunde des GIAS: In memoriam – zum Lebenswerk von C. Jucund[19]

Unversehens erreicht uns die Nachricht vom plötzlichen Ableben Caspar Jucunds. Er wird allen, die ihn kannten, in Erinnerung bleiben als der *glücklichste Linguist im Hickengrund*, wie – auf Ereignisse anspielend, die hier darzulegen unpassend wäre – er sich früher gelegentlich selber nannte.

Seine Arbeiten zur Linguistik und anderen Bereichen zeigen eine Themenvielfalt und formale Heterogenität, die durch ihre borgesanischen Ausmasse den Leser leicht zu verwirren vermag: Stehen wir vor einem Diskursuniversum mit verborgenem Grossen Plan oder lediglich vor dem Grossen Chaos?[20]

---

[19] Meine Anmerkungen als Herausgeberin diese Bandes erscheinen im folgenden mit dem Kürzel DUE. – Auch auf Caspar Jucund wird in den Anmerkungen verschiedentlich nur mit den Initialen CJ verwiesen.
Die *Freunde des GIAS* sind ein Kreis von Privatleuten, die – der Idee der Humboldtschen Universität verpflichtet – die GIAS-Designaten privat unterstützten, vorwiegend und vordringlich mit Naturalien.

[20] DUE: Vielleicht wird die Geschichte der LAW hier einige Hinweise, wenn nicht Antworten, zutage fördern.

Zuletzt war Jucund korrespondierendes Mitglied der virtu-ellen Akademie der Wissenschaften von Neumolussien und an ihrem *Geplanten Institute of Advanced Studies – GIAS* der designierter Inhaber des *Perhaps-Chair of General, Very Specific, and Unexpected Linguistics*.

Bekanntlich gehört zu den vornehmsten Aufgaben des GIAS die Pflege eines anspruchsvollen Lehr- und Forschungs-angebotes für die internationalen Gäste. Im Nachlass von Ju-cund fanden sich Programme von abgehaltenen und geplan-ten Veranstaltungen. Wir haben das Vorrecht, in Erinnerung an Caspar Jucund, hier einige seiner neueren Semesteran-kündigungen wiederzugeben.

Aus heutiger Sicht und angesichts schwindender allgemei-ner Erinnerung scheint es aber zuvor notwendig zu sein, an einige Charakteristika und Entstehungsumstände des GIAS zu erinnern – nur so lassen sich die zuweilen merkwürdigen bis skurrilen Bemerkungen Jucunds zu den Orten und Durch-führungsmodi seiner Veranstaltungen verstehen.

Das GIAS war geplant als das erhoffte Kind einer beabsich-tigten Vermählung zwischen Ökonomie und Marketing, die sich einig geworden waren, dass in Neumolussien zu jener Zeit das Feld der Wissenschaft noch nicht hinlänglich wert-schöpfend bearbeitet worden sei. – Als Kind einer solchen Verbindung stand das GIAS, noch ehe es die Welt erblickt hatte, unter dem bewährten süd-neumolussichen Motto „Spare allezeit, dann hast du immer Not!" – von dem natürlich die Sparer und die Vermarkter ausgenommen waren. Die Betriebsökonomen *wollten* kein Geld ausgeben – *Wir sparen, es koste was es wolle –*, die Marketingexperten *hatten* es immer schon ausgegeben – für Hochglanzbroschü-ren und Dinnerparties, um dieselben einem erlesenen, aber erstaunten Publikum zu überreichen, das von dem bewor-benen Projekt ebenso wenig verstand wie die Marketingleute selbst. – Wie dem auch sei: Tatsächlich waren die für Aufbau und Betrieb des GIAS benötigten Mittel entweder nicht bewil-ligt worden (von den Ökonomen) oder schon verbraucht (vom Marketing). Die zwingende Folge war, dass das GIAS an chronischem Mangel litt. Gemeinhin gilt *Mangel* als ein relationales Nomen: *Mangel* ist *Mangel an …* – nicht aber im Falle des GIAS: Sein Mangel war absolut … [21]

---

[21] DUE: Die GIAS-Designaten der ersten Stunde waren sich dieser o.g. Um-stände und ihrer prekären Situation durchaus bewusst. Unter ihnen kur-sierte seit jener Zeit eine Arbeitsdefinition des *Experten*: „Ein Laie mit Zertifikat unbekannten Ursprungs – aus einem Beruf, den es nicht gibt."

Vorlesungen und Seminare
(Bis zur Wiedereröffnung des Hörsaals nach Finanzierung der Heizkosten finden alle Unterrichtsveranstaltungen im Stadtpark statt)

I. Institut für Philosophie – Vertretung der Professur für philosophische Neurosemantik

Zur kognitiven Konstituierung von Welt in multicorticalen Systemen (Vorlesung)
Erste Literaturhinweise: Schwabs Sagen des Klassischen Altertums, Dr. Dolittles Geschichten vom Stoss-mich-zieh-dich, E. Kästner, Der 35. Mai.

Zur Semantik der Denkpause und des Schweigens (Seminar)
Literatur: Serenus Schweiger, Einsilbler und Einsiedler. Die deutsche Pausendichtung und ihre historischen Schwundformen. Eremiten-Verlag, o.O., Erscheinen abgesagt.

Wie romantisch ist die Neurosemantik? (Übung)
Ort: Der Kurs findet im elektrophysiologischen Labor [zur Zeit also auch im Stadtpark] statt und kann nur paarweise und in Kombination mit der Vorlesung *Typologie der inneren Sprachen* (s.u.) belegt werden.

Chaos und Bedeutung – Die Semantik ist eine (Attraktoren-)Landschaft im dynamischen Raum der chaotischen Kognition (privatissime et gratis)
Ort: Im Frühstücksraum der Mensa an ungeraden Samstagen, 8 – 12 Uhr; Croissants & Kaffee werden gestellt. – Daher findet auch diese Veranstaltung im Stadtpark statt; Croissants und Kaffee müssen bis auf weiteres mitgebracht werden (Thermosflasche) – sowie eine Extra-Tasse und ein zusätzliches Croissant für den Dozenten ...

Geschichte und Geschichten – Eine Einführung in die Semantik der narrativen Kognition (Vorlesung)
Aus pädagogischen und epistemologischen Gründen wendet sich die Vorlesung nur an: a) inkognito reisende Extraterrestrierinnen und -terrestrier (soweit der Unterschied von Belang), b) Personen, die eines der in der Vorlesung *Die unsagbaren Sprachen* behandelten Idiome muttersprachlich beherrschen. – Es werden allerdings keine Gesichts- und Passkontrollen, auch keine Sprachtests durchgeführt. (Sollten Sie über Ihre Berechtigung zur Teilnahme in Zweifel sein, bringen Sie einfach eine zweite Thermoskanne Kaffee mit oder ein zusätzliches belegtes Brötchen ...)

II. Institut für Linguistik – Perhaps-Chair of General, Very Specific, and Unexpected Linguistics
Themenschwerpunkt Syntax und Sprachtypologie

Vergleichende Syntax der Pause und des Schweigens (Vorlesung) ,
Literatur: Serenus Schweiger, Die pausitischen Sprachen, mit besonderer Berücksichtigung des Tazetischen, des Silenzischen und der Küsten-Dialekte des Fatofob. Eremiten-Vlg, Jahr verschwiegen.

Typologie der inneren Sprachen: corticale, limbische und kardiale Semanto-Syntax (Seminar)
Literatur: Casparus Iucundus, Die Sprachen des Verstandes, der Gefühle, des Herzens und die lingua limbica, 1822.

Die unsagbaren Sprachen: Skizzen des Alt-Trollan (Dialekt der Graniten), des Serafischen, des Insel-Elfo und der zwölf Idiome des Fee (Vorlesung mit Übungen, 4-stündig)
Leistungsnachweis: oral fluency-Test in einer der o.g. Sprachen nach Wahl

Weitere Mitteilungen aus dem Nachlass sind zu erwarten.

2. Rundbrief an die Freunde des GIAS:
Aus Caspar Jucunds Bibliothek

Wie man weiss, lebte Kaspar in den letzten Jahren sehr zurückgezogen in den südlichen Wäldern Neumolussiens, deren raues Klima er als unerträglich, aber anregend empfunden haben soll.

Hinzu kamen die inspirierenden Arbeitsbedingungen des GIAS – wird doch Menschen, die nur vier Fünftel des täglichen Nahrungsbedarfs zu sich nehmen, mit Leichtigkeit die anderthalbfache Lebensspanne eines gewöhnlichen Sattessers zuteil. Verringert man diese Nahrungsmenge nun nochmals um ein Drittel, so werden geistige Kräfte frei, von denen man zu jener Zeit ausserhalb des GIAS nichts ahnte. Obwohl doch schon die Römer wussten, dass ein *plenus venter non studet libenter*.

Diese hervorragenden, für heutige Verhältnisse unvorstellbaren Arbeitsbedingungen versetzten somit die Forscher des GIAS in einen Zustand höchster Alertness, tiefster Inspiration und untrüglichen Scharfsinns – überdies besitzen traditionell alle designierten Lehrstuhlinhaber des GIAS[22] das nicht verzichtbare Recht auf eine weitere Kürzung der Bezüge, die eine weitere Verringerung der Kalorienzufuhr und Vermehrung ihrer wohltätigen Folgen nach sich zieht.

Dank dieser Umstände besassen die Mitglieder des GIAS einen Überfluss an Zeit und – dank allzeit knurrender Mägen – an mentalen Ressourcen, um mit Gewinn auf eine Bibliothek zuzugreifen, die als die umfassendste unserer Erde gelten kann: Hier waren alle Werke vorhanden, die der Geist zu begehren vermag, unerhörte bibliographische und bibliophile Schätze standen bereit, von denen der gemeine Bücherleser nicht einmal zu träumen wagt.

An dieser Stelle erscheint uns ein kleiner Exkurs zur Geschichte der GIAS-Bibliothek vonnöten, denn sie entstand auf geradezu wundersame Weise.

In der Gründungszeit des GIAS war es in Neumolussien üblich geworden, die Bestände öffentlicher Bibliotheken jährlich danach zu bewerten, welche Titel wie häufig von Lesern verlangt und ausgeliehen worden waren. Jeder Band, der zwei Jahre in Folge nicht angefordert worden war, wurde entfernt und in ein externes Depot ausgelagert. Wurde er binnen zweier weiterer Jahre abermals nicht abgerufen, musste er aus dem Bibliotheksbestand entfernt werden. Die Ökonomen im Verwaltungsrat des GIAS verfielen nun darauf, die so traktierten Bände dem GIAS zuweisen zu lassen und ihm im Gegenzug das bewilligte Bibliotheksbudget zu streichen. – Allerdings mit der unbeabsichtigten Folge, dass binnen weniger Jahre alle nennenswerten wissenschaftlichen und literarischen Werke und Zeitschriften, die nicht gerade dem aktuellen Zeitgeschmack entsprachen und deren Lektüre eine gewisse Vorbildung erforderte, dem GIAS zufielen. Aufgrund der ungeheuren Zahl an Büchern und Zeitschriften sowie der gänzlich fehlenden Bibliotheksmittel war das GIAS wiederum genötigt, diese bei den Bauern der weiteren Umgebung in leer stehenden Scheunen einzulagern. Bald kannten nur noch die GIAS-Mitglieder die Bestände und ihre Standorte im ländlichen Umfeld. Nachdem sie in den Untergrund hatten gehen müssen und dort das OGIAS[23] gegründet hatten, war

---

[22] DUE: Zur Erinnerung: Alle Lehrstuhlinhaber des GIAS sind designierte. – Auch werden aus Mitteln des Instituts grundsätzlich keine Stühle beschafft, denn keine Körperhaltung ist dem Denken so zuträglich wie die gehende oder stehende …

[23] Zum OGIAS, dem *Old Geplantes Institute of Advances Studies*, vgl. den Abschnitt „3. Rundmail" weiter unten.

es ein Leichtes, diese Diaspora-Bibliothek aus ihrer ländlichen, allerdings von Stockflecken bedrohten Idylle zu befreien und, als die Zeit reif war, nach Lacrimonien zu überführen. Da die Zuweisung der ausgesonderten Bücher an das GIAS als Einsparung der Recyclingkosten verbucht worden war, fiel dies niemandem auf. Denn zu jener Zeit wurde im GIAS ja bereits gekocht, nicht mehr gelesen und geschrieben.[24]

Nun wurde uns mitgeteilt, dass Caspar vor seinem Ableben intensiv an einer Untersuchung arbeitete, für die er sich den folgenden Handapparat aus der Bibliothek des GIAS zusammengestellt hatte. Wir haben das Vorrecht, an dieser Stelle darüber Nachricht geben zu dürfen.

Zwar gibt es zur Zeit keine Hinweise darauf, welcher Fragestellung die letzte Arbeit Caspars gewidmet gewesen sein mag, vielleicht liefert aber der historisch-kritischen Erforschung seines Werkes die Kenntnis der von ihm zuletzt studierten Werke wichtige Fingerzeige.

Caspars letzter Handapparat[25]

Altmeister, Fred. oJ. Von „ho hyppos" zu „de Hipp": Über das Darniederliegen der klassischen Philologie in Köln. *Studien zur Geschichte des 1. FC* 1:3-15.

Boheme, Jacky. 1001. *Mysticks and Lypsticks in Beautiful Lynguisticks. Studies in the Importance of Wonderful Dreams in Intergalactical Communication.* Bagdad & Houston, TX: Sheherazade Press.

Concurs, Curro. Im Erscheinen. *Hat die Metasprache Metalänge? Über die Ursachen des Sprachverlustes von Marathonläufern während des Wettkampfs.* Wettheim an der Renne: Schnaub & Schnüffel.

---

[24] Dazu s.u.

[25] DUE: Die Leserinnen und Lesern werden sich von den folgenden Literaturangaben vermutlich befremdet fühlen. Daher sei auf dreierlei hingewiesen: a) C. Jucund ist Linguist! b) Der Bestand der GIAS-Bibliothek enthielt in der Tat auch die aussergewöhnlichsten Bücher und Zeitschriften. c) Es gibt Hinweise, dass CJ in jener Zeit Zugang zur *bibliotheca babylonica* hatte. – Dies könnte den Eindruck erklären, den viele der im folgenden aufgeführten Titel erwecken, nämlich, dass man sie bereits kenne, aber ganz anders. Wir stossen hier auf das merkwürdige, nur in einem offenen Multiversum denkbare *Phänomen der Parallelbibliotheken*.

Eredi, Giovanni (Bekannt als der Mann, der Liberty Valenz erschoss). †demnächst. *Deutsche Grammatik. Ein Abriss, nebst Verriss sämtlicher Satzbaupläne.* Valencia: Treuhandgesellschaft zur Verwaltung des Nachlasses.

Greuli, Terro. In letzter Minute. *Vergleichende Grammatik der Sprachen Panikstans. Mit kurzen Einführungen in das Hektische, Panische, Chaotische, Krisische und Alt-Infarktische.* Furchtwang: Trauma & Tröster.

Haudrauf, Rupp. Monatl. Neuaufl. *Abriss der deutschen Wortbildung.* Fragmentaria im Schuber mit Klemmverschluss. Studien zum Sprach-Recycling 3.

Jasser, Jasson. 1975 – 2175. *Spiel ums Goldene Vlies. Der Ursprung des Jass-Spiels während der ersten Argonautenfahrt. Eine historische Untersuchung des Jassens bis zur Gegenwart samt einer modelltheoretischen synchronen Deutung seiner Regeln unter Berücksichtigung aller bekannten Varianten.* Bern, Zürich, Basel etc. pp.: Vereinigung kantonaler Jass-Vereinigungen. (= Schweizer Jass-Studien 1 – nnn; Anzahl der geplanten Bände nicht mitgeteilt.)

Kollermann, Emerich. Im Jahre des Zusammenbruchs. *Der kollegiale Kollektiv-Kollaps und der kollaborierende Kolloquiums-Koller.* Kollermar und Pannenberg: DFFG (= Dauernd Feucht-Fröhliche Gesellschaft).

Kummer, O.W. erscheint verspätet. Über die Schwierigkeiten der Neubearbeitung eines 'Sprachatlas der deutschen Schweiz' im Fall des Beitritts Deutschlands als 25. (oder 26.?) Kanton in die Eidgenossenschaft. In R. Hotzenplötzerle ed. (erscheint auch verspätet). *Ist Berndeutsch die Ursprache Europas? Die altsemitischen Einflüsse und ihre Spuren im Dialekt der Gegend um Arch.* Beatenberg: Himmugüegeli-Vlg; Thun: Bern-Express-Presse.

Leiser, Lau. Jederzeit. Die Lingusiten: Eine spätgnostische Sekte in Köln. Über die Entstehung des mystischen Standpunktes im Universalienstreit. *Gnosis* 2.

Mahler-Müller, Grinda. Allzeit bereit. Universals of Grinding: How to make a mess of masses. In Grinder, Chop. ed. *Stuff from Mill's Unknown Linguistic Mills.* Pressburg: Quetsch & Shredder.

Marx, Leni; Lutzer, Revo. 1968. Kollektiva und andere K-Gruppen des Deutschen. Ihre transformationelle Erzeugung durch obligatorische Linksverlagerung. *Linguistischer Widerstand* 1:45-1968.

Mymonk, Chaos. Manche müssen hören, was sie sagen, damit sie wissen, was sie denken. – Zum psychologischen Status der sogenannten „over-extended standard theory". In *Festschrift für Kaspar Hauser anlässlich des 137. Jahrestages seines Wiederverstummens*. Hrsg. v. P.S.T. Schweik. Tauber-Bischofsheim: Karthäuser-Druck.

Nemo, N. Out of print. *Nihilistica. Studies in the Vast Field of Deletion: Rule Deletion Rules, Grammar Deletion Rules and Deletion Rules Deletion Rules*. A volume deleted by Negationsrat a.D. Nepomuk Nemo. Leer / O-Friesland; Good-for-nothing, Inc.

O'Nie, Harm. 1977/78. Allviolen und Alveolen. Zur Isomorphie der Triller-Rhythmisierung auf Alveolen und Allviolen, insbesondere der viola di iambi. Erschienen als *Beilage zum Programm der Oper „Fidel-O" des städt. Opernhauses*. Träller-Trillbach: Institut für musische Phonetik.

—. 1979. *Konsonanten und Konsonaten. Studien zur Form-, Formanten-, Formations- und Formalinstruktur der klassischen Sona(n)te. Unter besonderer Berücksichtigung der Extrapositionsformen in Zugaben.* Träller-Trillbach: Institut für musische Phonetik.

Patricius, Enzian. Im Jahr des Kindes. Das Moralitätssystem des Deutschen. Eine Bemühung zur Bewahrung der Moralverben, der Tatverben und der Verben der geistigen Regsamkeit, sowie zur Eingrenzung v.a. der Zustandsverben und der Verben der sinnlichen Wahrnehmung. In: Lieutenant Semantics, ed. *Linguistik für ein besseres Morgen*. Edelburg an der Sitte.

Ratlos, Rüttel. 1967 oder 68, vielleicht auch 1972. Scrambling rules, infinite Rekursivität und der linguistische Urknall. Warum die menschliche Sprachfähigkeit nicht angeboren, sondern wie angeworfen ist. In ders., Hrsg. *Chaotica. To Honour Chaos Mymonk.* Schilda: Huddel und Brassel.

Schlinger, Pein. o.J. Die Merkmale [hickup] und [exitus] zur Unterscheidung glottaler Klemm-, Reiss- und Schraubverschlüsse in einem vollständigen System der artikulatorischen Phonetik. *Beiheft zu Glottis.* Tschwrschtsch: Tongue Twister & Silence.

Synn-Thrax, Dr. med. Dyonysius. *Warum die Konzepte „Fünfgangmenu" und „Weinprobe" angeboren sein müssen. Erste Früchte und Erträge der regenerativen Grammatik, ge-*

erntet und eingefahren von Dr. med. Dyonysius Synn-Thrax. Preisschrift des Kölner Langustenvereins. Bacchus-Verlag.

Weinerlich, Knarralt. (Jahr ohne Belang.) *Temporäre Temporaltempora. Urzeit, Frühzeit, Jetztzeit und Spätzeit zur Unzeit.* Ur: Chronos-Vlg.; 1. bibliophile Hieroglyphenausgabe in Marmor verschleppt; 2. verwässerte Ausgabe beizeiten in trockenen Tüchern. Unterstützt aus Mitteln der Tempo-Stiftung.

Weissgelber-Weissselber, L. (S.u.) *Tür und Tor zur Muttersprache.* Nebst einer Hintertür von H. Blinkmann und H. Grins. (= Zugänge und Aufstiege zur Inhaltsbetrogenen Grammatik, 3. Stufe.) Schwannensee bei Rüsseldorf, selbstverlegen gewortet über Jahr und Tag.

Zahner, Veit. 1982. Dentalica: Möglichkeiten einer dentalistischen Sprachtheorie. Meditationen über „root-transformations", „gapping" und „bridging". *Zeitschr. f. Theoret. & kogn. Zahnheilkunde* 50, Beiheft. (Enthält ferner u.a.: Ders. Das germanische Dentalpräteritum im Zeitsystem von Gebissträgern.)

Wir setzen unsere Bemühungen fort ...

3. Rundmail[26] an die Freunde des GIAS: GIAS – GGIAS – WAGGGIAS – die Geschichte geht weiter ...

Noch sind es Gerüchte – aber sie verdichten sich. Als wahrscheinlichste vermutete Ursache für das Ableben von Caspar wird z.Z. angenommen – aber das ist eine merkwürdige Geschichte und ihre nähere Betrachtung höchst lehrreich.

Werfen wir dazu einen Blick auf die letzten Aktivitäten des GIAS. Zwischenzeitlich wurde das GIAS zum GGIAS umstrukturiert und dann von höchster Stelle aus eine Aufnahme in die WAGGGIAS angestrebt. Aber berichten wir in chronologischer Abfolge ...

Wie bekannt wurde, sind vor geraumer Zeit die knappen Mittel des GIAS im Sinne einer umgreifenden Qualitätssteigerung drastisch gekürzt worden. Die Aufwendungen des verbesserten Controlings waren so erheblich, dass sie die Einsparungen durch die Mittelkürzungen bei weitem überstiegen

---

[26] Von diesem Zeitpunkt an erfolgten die Mitteilungen an die Freunde des GIAS / OGIAS nur noch auf elektronischem Wege – die Form des hektographierten Rundbriefes wurde aus Kostengründen aufgegeben.

und zu Lasten des Stiftungskapitals des GIAS beglichen werden mussten. In der Folge fand sich das GIAS in der peinlichen Lage, seine Zahlungsunfähigkeit feststellen zu müssen. Aber an höchster Stelle wusste man tatkräftigen Rat: Es erfolgte eine Neugründung als *GGIAS – Greatest Geplantes Institute of Advanced Studies* – mit neuem Arbeits- und Geschäftsmodell. Dieses sah die folgenden Massnahmen vor: Der Bibliotheksbestand wurde privatisiert, die Gebäude wurden mit erheblichem Aufwand in ein Mehrsternehotel für zahlende Feriengäste umgerüstet, die Arbeitsplätze der wissenschaftlichen Mitarbeiter löste man auf und verlegte sie in ein apartes Zeltarrangement auf dem nahegelegenen Campingplatz. Den betroffenen Mitarbeitern wurde – bei erneuter Kürzung der Bezüge – die Bereitstellung des nötigen Zeltmaterials und der Campinggebühren auferlegt.

Rechnet man nach, welche tägliche Kalorienzufuhr Caspar zuvor aufgrund seiner Mitarbeit im GIAS möglich war und welche Veränderungen sich durch die Umstrukturierung zum GGIAS ergaben, dann wird man zu der Schlussfolgerung gezwungen, dass Caspar – verhungert ist.

Oder untergetaucht. Es wurde inzwischen nämlich auch berichtet, die Beisetzung sei abgesagt worden – entweder war Caspar rückstandslos abgemagert, so dass nichts mehr zu bestatten war, oder …

Wir sind voller Hoffnung.

Weiter war zu erfahren, dass die Aufnahme des GGIAS in die WAGGGIAS – *The World Association of Greatest Greatest Geplante Institutes of Advanced Studies* – weitere Mittelumschichtungen erfordern wird … Wir dürfen gespannt sein …

Eben erreicht uns die Nachricht, dass an einer besonders undurchdringlichen Stelle der südneumolussischen Wälder das OGIAS gegründet wurde, das als *Old Geplantes Institute of Advanced Studies* die Traditionen und Tugenden des GIAS zu bewahren sich zur Aufgabe gemacht hat. Aus diesem Kreis gab es auch Nachricht über die weitere Erforschung des Caspar-Nachlasses:

Sein *work in progress* zum Zeitpunkt seines Verschwindens soll einer *Encyclopädie der Sinne des Lebens* gegolten haben.

Wir sind erschüttert und verblüfft!!!

4. Email an die Freunde des GIAS: (G)GIAS / OGIAS in Bewegung

Erst kürzlich haben wir von den Wirren um das GIAS und seiner Neugründung als GGIAS berichtet, auch darüber, dass das gesamte wissenschaftliche Personal seine Arbeitsplätze auf einen nahegelegenen Campingplatz verlegen musste. Nach neuesten Berichten wurden die Wissenschaftler jedoch bald des Platzes verwiesen – wegen vorsätzlicher schwerer Lärmstörung. Wiederholt hatten sich Campinggäste darüber beschwert, dass aus den Zelten der GGIAS-Mitarbeiter eine solche unzumutbare Ruhe drang, dass sie sich in ihrer Ferienstimmung massiv beeinträchtigt fühlten.

Inzwischen haben die betroffenen Mitarbeiter des GGIAS ihre Campingausrüstungen verkaufen und statt dessen solide Wanderschuhe, Rucksäcke, wetterresistente Lodenmäntel und wehrschafte Wanderstöcke erwerben können. Sie durchziehen nun ohne festen Standort die südneumolussischen Wälder und gehen in alter Tradition als Peripatetiker ihren Forschungen nach. Das GGIAS aber hat die Zahlungen an seine wissenschaftlichen Mitarbeiter eingestellt, weil ohne festen Arbeitsort eine entlohnenswerte Arbeitsleistung weder zu erkennen noch zu überprüfen sei. Die eingesparten Mittel wurden selbstredend als Prämien an das Management ausgeschüttet.

Andererseits ist zu hören, dass das *OGIAS – Old Geplantes Institute of Advanced Studies* weiterhin einen Zustrom neuer Mitglieder erfährt ... Auch ein neues ehrgeiziges Zeitschriftenprojekt wurde angekündigt: *INMoRO – International New-Molussian Review of Omniscience. A Peer-Reviewed Journal for All Sciences with Peerless Research*.

Ungewöhnlich sind die Voraussetzungen für die Veröffentlichung eines Artikels: Eingereicht werden dürfen nur Manuskripte, die von mindestens drei *peer-reviewed* Fachzeitschriften abgelehnt wurden, so dass ein begründeter Anfangsverdacht vorliegt, es könne sich um eine Arbeit handeln, für deren Thema, Fragestellung oder Methode es keine Gutachter im peer-Range gebe, wie dies ja für neue Disziplinen in der Pionierphase durchweg die Regel ist. *INMoRO* versteht sich als ein hochqualitatives Forum für *peerless research* und füllt damit eine Lücke, die seit langem den Fortgang der Wissenschaft schmerzlich hemmt.

Das OGIAS verfügt über modernste Parsing- und Entscheidungsalgorithmen zur Kategorisierung von wissenschaftlichen

Texten nach den Merkmalen VERSTÄNDLICH und SINNVOLL. So ist es möglich, auch bei unverständlichen Texten zu entscheiden, ob sie sinnlos sind – eine der wichtigsten Fragen in der *peerless research*. Bei der Überprüfung des Merkmals UNNÖTIG hingegen erwies sich dieses bald als selbstprädizierend: Es gibt anscheinend keine Arbeiten mit den Merkmalen VERSTÄNDLICH und UNNÖTIG, die das Reviewverfahren der etablierten Publikationsorgane unveröffentlicht zu überstehen vermögen.

Unter den Herausgebern von *INMoRO* wird auch Caspar genannt. – Für die geplante Nullnummer der Zeitschrift ist der folgende Aufsatz angekündigt:

> Dept. of Peripatetic Quantum Physics at the OGIAS. Caspar – dead or alive? Schrödinger's Cat, Caspar's Walk and the Quantum Mechanic Stakes of Peripatetic Science. *INMoRO*, to appear.

Drücken wir ihm, drücken wir ihnen die Daumen!

5. Rundmail an die Freunde des OGIAS: WOW – GGIAS noch innovativer, effektiver, superlativer!

Aus gewöhnlich gut unterrichteten Kreisen in Südmolussien wurde uns ein Gerücht zugetragen, das – obwohl es nun nicht mehr Caspars Schicksal unmittelbar berührt – wir den treuen Freundinnen und Freunden des OGIAS nicht vorenthalten können.

Wie berichtet hatte sich das GIAS nach der Neugründung als *GGIAS – Greatest Geplantes Institute of Advanced Studies* aus Effizienzgründen – und weil das Institutsgebäude zu einem Mehrsterne-Hotel umgewidmet worden war – von sämtlichen wissenschaftlichen Mitarbeitern getrennt. Seitdem stand die Frage im Raum, wie das GGIAS seine Aufgabe in der Förderung der Wissenschaften zu erfüllen gedenke. Nun erhalten wir – wenn auch noch clandestin und unbestätigt – die Antwort.

Sie ist ebenso einfach wie bestechend und verspricht – nach Einschätzung des GGIAS-Marketing – ein rundherum befriedigendes wirtschaftliches Ergebnis: Das GGIAS engagiert sich auf dem Felde der akademischen Erwachsenenbildung. Zu diesem Zwecke wurde mit interessierten Kooperationspartnern – wir hörten von der Dauernd Feucht-Fröhlichen Gesellschaft, DFFG, sowie der IGGG, der Internationalen Gesellschaft für das Gutgemeinte und Grenzwertige, unter Ausnutzung einer Lücke im internationalen Weltraumrecht ein Staat gegründet, die *Republik Luna*, die, wie zu vermuten, räumlich dem Erdtrabanten zuzuordnen ist, dort aber – nach den geltenden internationalen Regelungen – keine territorialen Ansprüche erhebt und somit auch nicht okkupiert, aufgelöst oder anders beschädigt werden kann. Die ersten Lunarier waren in den Reihen von GGIAS, DFFG und IGGG schnell gefunden. Man hielt Wahlen ab, es konstituierte sich die Regierung der Republik Luna. Deren erste Amtshandlung war – man ahnt es – die Gründung einer staatlichen Universität, der *State University of Luna – SULU*[27]. Diese wiederum kreierte unverzüglich mehrere attraktive Studiengänge, mit deren Durchführung sie, angesichts der aktuellen Infrastrukturprobleme auf Luna, kommissarisch das GGIAS betraute. Die Abschlüsse der SULU sind lunar anerkannt und haben damit, nach Aussage des Kanzlers, zumindest galaxisweite Geltung.

Folgende zweijährige Studiengänge sollen zum nächsten Semesterbeginn im bekannten Kosmos vermarktet und im Hotel des GGIAS angeboten werden (– ein weiterer Mehrsternekoch wurde im Hinblick auf die zusätzlichen interstellaren Aufgaben bereits angeworben):

1. Master of General Studies
2. Master of Specific Studies
3. Master of Holistic Studies
4. Master of Universal Studies
5. Master of Healthy Studies

und – als Höhepunkt der Master-Abschlüsse – der

6. Master of Useful Studies

Auch Kombinationsstudiengänge werden vorbereitet, die zu Mehrfachqualifikationen führen sollen, etwa ein – so der deutsche Arbeitstitel – *Doppelmeister in spezifischen Generalstudien*[28]. Das Programm findet seine Krönung in der Po-

---

[27] Die SULU darf nicht verwechselt werden mit der *Luna State University*, der man zuweilen im Internet begegnen kann. Diese ist anscheinend Produkt eines skurrilen Studentenscherzes und gänzlich fiktiv.

[28] DUE: Man darf dergleichen nicht als mutwillige Scherze betrachten, vergeben gewisse Disziplinen doch auch auf Terra selbstwidersprechende Qualifikationen mit Erfolg und durchaus honorarwirksam. Was ist z.B. ein *Facharzt für Allgemeinmedizin* anderes als ein Spezialist für das Allgemeine?

ly-Expertise des *Useful Master of Genero-Specific Holoversal Healthy Lunatic Studies*. – Wir sind sprachlos!

Die Studiengänge legen Gewicht auf freien Zugang für fast alle: Als Student wird jedes in der Galaxis lebende Wesen zugelassen, das noch kein universitäres Studium alter terrestrischer Art von mehr als vier Wochen Präsenzzeit absolviert hat und ein Anmeldeformular einreicht. Bis zur Bewerbung an der SULU überlebt zu haben, gilt als Fachmatur und wird als *Bachelor of Practical Lunatic Life Studies* anerkannt, der zur Aufnahme eines Master-Studiums an der SULU berechtigt. Die Studiengänge selbst sind KOSTENLOS.

Damit aber der guten Nachrichten noch nicht genug. Während die derzeit innovativsten terrestrischen Studiengänge zumindest noch einige Schamwochen an universitärer Präsenz und ein Minimum an Hautkontakt mit Büchern und Schreibpapier erfordern, ist dieses letzte Hindernis für die Verwirklichung eines universellen Bildungsstrebens nun gefallen. Eingeführt wird mit den neuen Studiengängen eine richtungsweisende papierfreie Hochschuldidaktik. An die Stelle von Lehrveranstaltung, Repetitorium und Buch tritt das *fachspezifische Informationsmantra – FASIM*. Das Verfahren wurde natürlich lunatisch bzw. lunar patentiert und sollte damit im gesamten Universum rechtlich geschützt sein – vorsichtshalber bleiben aber die Details streng geheim. Die zukünftigen Studenten werden ein strenges Schweigegelübde ablegen und einhalten müssen. Bei Verstössen ...

Bisher ist vorgesehen, dass jedes Informationsmantra im Rahmen eines vielgängigen Mehrsternemenus im Hotel des GGIAS mitgeteilt wird. Die Kosten für die Menus und die anschliessende Hotelübernachtung sind von den Studierenden zu tragen und im Voraus zu begleichen.

Für die angekündigten Abschlüsse „PhD / Professor in [...][29] Lunatic Studies" werden die Menufolgen bereits erarbeitet, die Auswahl der Weine ist noch offen.

Einer Aufnahme des GGIAS in die *WAGGGIAS – World Association of Greatest Greatest Geplante Institutes of Advanced Studies* kann nun nichts mehr im Wege stehen!

Guten Appetit!

---

[29] DUE: Passende Adjektive bitte einsetzen. – Vermutlich wird die SULU auch sog. *designer degrees* anbieten, massgeschneidert nach den individuellen Wünschen ihrer Kunden, pardon, Studenten!

Zweiter Teil: Auswahl aus den Arbeiten C. Jucunds

Auf den Spuren Spinnazas: Vom sibrillinischen Orakel
zur modernen vergleichenden Brillologie

Ein Forschungsüberblick im Auftrag der
Dauernd Feucht-Fröhlichen Gesellschaft

Von C. Jucund, Portostipendiat[30] der DFFG[31]

Es ist die vergleichende Brillenkunde, obgleich wenig bekannt, ein Gebiet, das den forschenden Geist, der sich ihm
zuwendet, gar bald in seinen Bann schlägt und anhaltende
forschende Bemühungen mit der reichen Frucht beglückender
und tiefer Einsichten in die Fülle und Vielfalt der (menschlichen) Natur belohnt.

Über manches Jahrhundert hinweg verharrte die Brillenfor-
schung in ihrer vorwissenschaftlichen sammelnden Periode:
Die Forscher kannten nur grobe und unsystematische Klassi-
fikationen der verschiedenen Brillenformen (s.u. Abb. 1).

Einen ersten Schritt auf dem Wege zu einer theoretisch
gegründeten Wissenschaft tat die Brillologie, wie dieser
Zweig der Kulturanthropologie heute genannt wird, nach der
Entdeckung Plurinasiens durch Bagatellus Spinnaza.

Das gelehrte Publikum geriet zurecht in höchste Erstau-
nung, als Spinnaza von seiner zweiten grossen Reise erste
Kunde und eine Brille von den Binasiern, einem kleinen Volk
mit heute unsicherer geographischer Zuordnung zurück nach
Europa brachte (vgl. Abb. 2):

---

[30] Portostipendien werden inzwischen von der DFFG nicht mehr vergeben. Sie
waren zwar eine hervorragende Vorbereitung auf die materiellen Verhältnisse des fortgeschrittenen Wissenschaftsbetriebes, wurden aber eingestellt, da es zu viele Todesfälle infolge von Skorbut, Vitaminmangel und
Unterzuckerung gab. Die Portostipendiaten wurden anspruchsvollsten field-
work-Projekten in unzugänglichen Gebieten der Welt zugeteilt, die sie
selbst zu organisieren und zu finanzieren hatten. Von der DFFG erhielten
sie die Portokosten für die monatliche Einsendung der Berichte und For-
schungsergebnisse erstattet. Aus dieser Regelung leitet sich die offizielle
inoffizielle Bezeichnung dieser Form der Nachwuchsförderung ab.

[31] Erschienen: Auf hoher See, o.J.

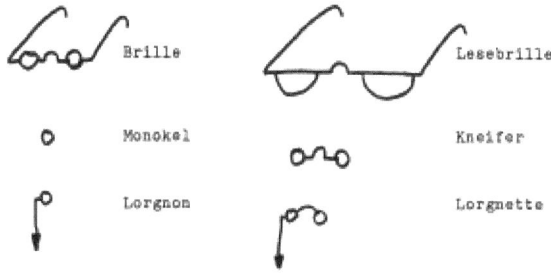

1. Klassische Brillenformen

2. Brille eines Binasiers

Dann folgten die heute schon Allgemeingut gewordenen, klassischen Entdeckungen in rascher Folge – wir können sie hier nur in Ausschnitten wiedergeben:

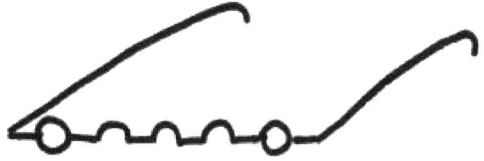

3. Brille eines Trinasiers

Auch Varianten wurden bekannt:

4. Brille eines Separo-Trinasiers

Aber bald wurde nur zu deutlich, dass ein vollständiges System der Brillenformen die Anzahl der Ohren ihrer monaurischen, binaurischen, trinaurischen usw. Träger zu berücksichtigen habe.

5. Brille eines monaurischen linksverlagerten
Separo-Binasiers

Danach glaubte man lange Zeit, man verfüge nun über ein abgeschlossenes System zur Beschreibung der Gestalten und Funktionen aller Brillen.

Bagatellus Spinnaza schrieb am Ende jener Jahre sein grundlegendes Werk *De formarum perspicillarum variationibus et similitudine*, in dem er den damaligen Erkenntnisstand eindrücklich zusammenfasste. Es gilt heute zurecht als klassisch und sollte von den Jüngeren in unserem Fache wieder häufiger und gründlicher studiert werden. Spinnaza goss die Quintessenz seiner Brillenstudien in jenen Satz, der sich jedem Leser unvergesslich einprägen wird:

Es hangen ab die Gestalten der Brillen von den Anzahlen der Ohren und Nasen ihrer Träger, wiewohl die Brille – den Nasen und Ohren aufsitzend – je ein selbes Werk vollfüh-

ret, dass sie ein Menschenkind klar und frei lässet hinaus-
blicken in die schöne Welt.

Manches Jahr galt damit die Brillologie als ein vollendetes
Lehrgebäude, dem man nichts hinzuzufügen, noch fortzu-
nehmen wisse. Dann aber gelangte ich auf meinen Reisen zur
Inselgruppe der Kleinen Spicillinen und fand auf ihren Haupt-
inseln Janus, Fluktus und Pediculus Brillen in bis anhin unbekannten Formen, und dies in solcher Fülle, dass auch hier nur
das Wichtigste besprochen werden kann. Diese neuen Funde
zeigen, dass auch die Anzahl der Augen bei jenen Wesen, die
ihr Auge zu bewaffnen verstehen, keineswegs invariabel ist.
Blickt man weit in die Geschichte zurück, so erscheint diese
Einsicht weder neu noch überraschend: Bereits die Alten haben in dieser Frage das Wahre gewusst – und berichten von
Polyphem, dem Einäugigen, aber auch von manchem Vieläu-
genden. Wir Neueren haben all das lange als bloss mytholo-
gisch abgetan, obgleich doch auch die älteren Einteilungen
der Brillen noch Formen kannten, in denen ein Rest jenes
Lichtes uralter Kenntnisse sich spiegelt – Monokel und Lor-
gnon.

Kehren wir aber zu den neuen Funden zurück. Zuerst ein
Stück, das die Veränderlichkeit der Augenzahl erkennen lässt
und die Erscheinung des *Monokularismus* zeigt:

6. Brille eines monokularen binaurischen Monasiers
(früher als *Inselzyklop* bezeichnet)

Auch der Monokularismus erlaubt Variationen der Nasen-
zahl, wie das folgende Brillenmodell verdeutlicht:

7. Brille eines monokularen binaurischen
(Separo-)Binasiers

Die Variabilität der Nasenanordnung zeigt die folgende
Brille mit vertikal angeordneten Nasenaufsätzen:

8. Brille eines monokularen binaurischen
Vertiko-Binasiers

Aber die Unterscheidung zwischen horizontaler und verti-
kaler Anordnung ist nicht nur für die Lage der Nasen von Bedeutung, sondern auch für die der Augen:

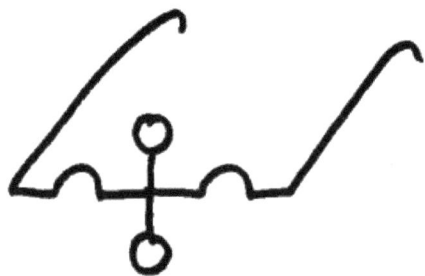

9. Brille eines binaurischen vertiko-binokularen
Separo-Horizo-Binasiers

Wie nicht anders zu erwarten, verändern sich zuweilen sowohl Nasen- als auch Augenanordnung. Hier ein Beispiel, das ein Brillenträger aus der Alten Welt vielleicht als *Doppelbrille* bezeichnen möchte; deren Träger hätten dann aber alles Recht, in sämtlichen bisher gezeigten Stücken lediglich *Halbbrillen* zu sehen.

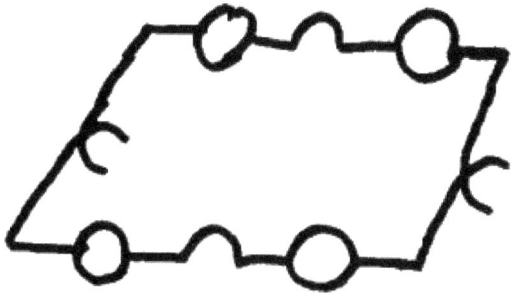

10. Brille eines binaurischen Duplo-Binokulo-Monasiers (traditionell als *Standard-Janusier* bezeichnet)

Hier ein etwas komplexeres Modell:

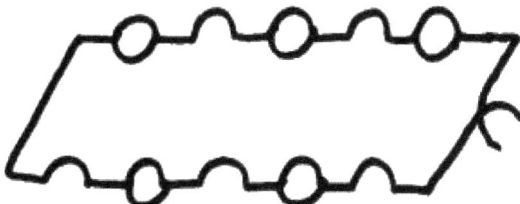

11. Brille eines monaurischen Recto-Trinokulo-Bineso-Verso-Binokulo-Trinasiers (Rückansicht)

Damit ist der Reichtum, der aus den Variationen dieser Formen strömt, aber keineswegs erschöpft; wohl aber wäre es alsbald der, der ihn zu erschöpfen suchte. So möchte ich abschliessend nur noch eine weitere Art der Veränderlichkeit vorstellen, nämlich die der Augenlage in der dritten Dimension. Es findet sich diese Brillengattung häufiger auf Pediculus und seinen Nachbarinseln:

12. Brille eines binaurischen pediculo-binokularen
Monasiers

Oder:

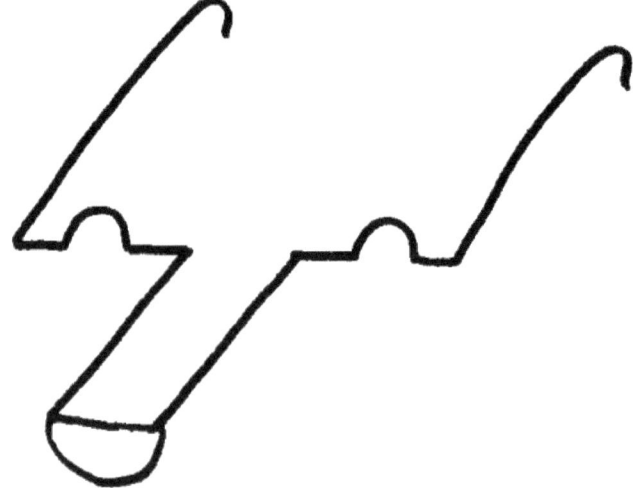

13. Brille (Lesemodell) eines binaurischen pediculo-mono-
kularen Binasiers, leicht umzurüsten zur Brille eines binaurischen binokularen Pediculo-Monasiers

Nach diesen einführenden Beobachtungen und Erläuterungen wird es dem Leser ein Leichtes sein, weitere Brillenformen vorauszusagen und – wenn sie ihm begegnen – zu klas-
sifizieren. Allerdings muss daran erinnert werden, dass auch
die sinnigsten Gedanken-Experimente sich an der Wirklich-

keit zu erproben haben! Brillologie ist eine systematische wissenschaftliche Disziplin, kein Tummelplatz für Phantasiegespinste!

Weit haben die hier berichteten Brillenfunde den Horizont unseres Erkennens gedehnt, aber dennoch lehren sie auch Nachdenkliches, nämlich die eine Einsicht, die anzunehmen wir Menschen uns trotz langer, bitterer Erfahrung nur allzu widerspenstig sträuben: Dass nie es uns gegeben sein wird zu sagen:

Ich weiss.

Das Doppel-Passiv im Fluktu-Ambularischen[32]
Einem meiner linguistischen Väter gewidmet.

Von C. Jukund, Portostipendiat der DFFG und Lektor an der virtuellen freien Universität der Fluktu-Ambularier

In der berühmten Sprachgeschichte *Grundzüge der irdischen Sprachentwicklung vom Protoprimatischen zum Posthumanischen*[33] findet sich ein bisher wenig beachtetes Kapitel über das Fluktu-Ambularische. Es entstand, nachdem eine grössere Gruppe deutschsprachiger Ausgewanderten[34] – die Abreise aus Europa datiert man heute etwa auf die Goethezeit – mit drei Schiffen in allerlei Unwetter und Seenöte gerieten, bis sie auf der Insel Fluktus im Gebiet der Kleinen Spicillinen Schiffbruch erlitten und dort lange Zeit isoliert lebten. So konnte das ursprünglich deutsche Idiom der Ausgewanderten eine eigene Entwicklung duchlaufen und merkwürdige Besonderheiten ausbilden, über deren eine wir heute berichten wollen. Die Bezeichnung *Fluktu-Ambularier* für diese Population verdankt sich dem Umstande, dass sie von Fluktus aus bald ein Leben als See- und Wandernomaden auf den Kleinen Spicillinen und den umliegenden Inselgruppen aufnahmen.

---

[32] Anm. DUE: Auch diese Arbeit gehört zu den frühen Schriften CJs und galt unmittelbar nach ihrem Erscheinen sogleich – und für lange Zeit – als verschollen. Sie behandelt eine Variante der Passivbildung, die – bei rechter Würdigung – zu einer tiefgreifenden Revision der gegenwärtigen und aller zukünftigen Grammatiktheorien führen wird.

[33] Anm. DUE: Bekanntlich konnte der Verfasser dieses Werkes, dessen einziges Exemplar – eben das Original-Typoskript – sich jetzt in der Bibliothek der LAW befindet, nie identifiziert werden. Konservative Stimmen behaupten, das Werk sei nie geschrieben worden und existiere nur in der Form des Gerüchtes seiner Existenz, gleichsam als Meinongsches nichtexistentes Objekt. Freisinnigere Denker hingegen halten es für das Werk eines weitsichtigen Geistes, der es vermochte, Aspekte der Selbsttranszendierung des *homo sapiens* scharfsinnig zu beschreiben. Radikalere Forscher sehen (– seit jener Zeit, in der die anfangs recht farblosen *green ideas* in der Syntaxtheorie als einer Theorie des menschlichen Geistes so höchst bedeutsam wurden –) in den *Grundzügen* einen frühen, aber immer noch unübertroffen aktuellen Beitrag zur Ökologie des menschlichen Geistes.
Wir folgen auch hier unseren bekannten und bewährten editorischen Grundsätzen und behandeln all das als haltlose Spekulationen.

[34] !

Wie schon das Deutsche kennt auch das Fluktu-Ambularische zwei einfache Formen der Passiv-Konstruktion. Betrachten wir den fluktu-ambularischen Satz

1. *Der Affe pflückt dem Mann eine Banane.*

so hat dieser eine Entsprechung mit einer *werden*-Passiv-Konstruktion

1w. *Eine Banane wird dem Mann vom Affen gepflückt.*

und eine zweite mit einer *bekommen*-Passsiv-Bildung:

1b. *Der Mann bekommt vom Affen eine Banane gepflückt.*[35]

Im Fluktu-Ambularischen können nun – anders als im Deutschen – die Regeln des *werden*- und des *bekommen*-Passivs nacheinander angewendet werden, und zwar in beiden denkbaren Abfolgen.

Es existiert also zu 1w.) auch der Satz

1wb. *Der Mann bekommt vom Affen einer Banane gepflückt worden.*

Das demovierte Subjekt aus 1w. wird mit dem Genitiv markiert, scheidet also aus dem Kreis der nuklearen Satzmitspieler aus. Die Verwendung des Genitivs verwundert auf den ersten Blick, scheint dieser Kasus doch ansonsten in deutschen Nachfolgeidiomen eher zu erudieren, ist auf den zweiten Blick aber natürlich semanto-syntaktisch motiviert, wie der Blick auf 1bw. sogleich zeigt. Denn zu 1b) existiert eine parallele Bildung mit zusätzlichem *bekommen*-Passiv:

1bw. *Eine Banane wird für den Mann vom Affen gepflückt bekommen.*

Auch hier wird mit der zweiten Passivbildung ein weiteres Argument aus dem Satznukleus entfernt. In beiden Doppel-Passiv-Sätzen verbleibt dort also nur ein Satzargument.

---

[35] Auf den ersten Blick erscheinen diese Sätze semantisch und morpho-syntaktisch unauffällige Sätze des Deutschen zu sein. Ein zweiter Blick zeigt, dass dies nie und nimmer der Fall sein kann: Der zu 1. entsprechende Satz des Deutschen müsste heissen *Der Mann zieht dem Affen das Fell über die Ohren.* Denkbare Varianten wären allenfalls: *Der Bauer spritzt seinen Schweinen Hormone* oder auch *Egon haut Erna die Hucke voll* (bzw. umgekehrt). – Fluktu-ambularische Sätze sind und bleiben unverwechselbar!

Doppel-Passive beider Spielarten haben eine interessante Gebrauchsbedingung. Es ist nämlich möglich, oblique angeschlossene Argumente zu tilgen, so dass elliptische Varianten zu 1wb. und 1bw existieren:

1wb-e. *Der Mann bekommt gepflückt worden.*

1bw-e. *Eine Banane wird gepflückt bekommen.*

Zu den Regeln des korrekten Sprachgebrauchs im fluktuambularischen Dialog gehört nun der obligatorische Verzicht auf Rückfragen seitens des Hörers solcher Sätze nach den elidierten Mitspielern. In der angelsächsischen Literatur wird daher die Bildung des Doppel-Passivs auch als *argument hiding*[36] bezeichnet.

Vertreter der Universalgrammatik haben bereits – wohl mit Recht – darauf hingewiesen, dass die Entwicklung des Doppel-Passivs in einer Population ehemals deutscher Muttersprachler und ihrer Nachkommen beweist – wenn man der bekannten Argumentation der fehlenden negativen, in diesem Fall sogar der fehlenden positiven! – Evidenz folgt –, dass das Doppel-Passiv eine *angeborene* Disposition in der genetisch bedingten Ausstattung des menschlichen *language acquisition device* sein müsse. Welche Faktoren die Realisierung dieser Disposition und die Ausbildung des Doppel-Passivs im Fluktu-Ambularischen letztlich ausgelöst haben, ist nicht bekannt. Manche Nativisten – deren Annahmen über die materielle Weltwirklichkeit zuweilen ja herzerfrischend sein können – haben vorgeschlagen, der Seegang bzw. die Wirkung des wechselnden Untergrunds unter den Füssen der Fluktu-Ambularier habe diese Prozesse getriggert.

Wir staunen …

---

[36] Die SprecherINNEN des Deutschen können sich daher glücklich schätzen, dass die Bildung des Doppelpassivs vom deutschen Sprachsystem nicht zugelassen wird, andernfalls gäbe es Sätze wie *Eine beträchtliche Geldsumme wurde gezahlt bekommen* – und niemand dürfte fragen: *Von wem und an wen?*

semantisches exercitium

es sassen zwei semantik-mönche
zu zweit am rhein und assen flönze*
der eine sprach: gibts was zu sagen?
der andere frug: kann man das fragen?
man kanns nur tun drum lass uns sprechen:
es sitzen hier und jetzt zwei mönche
zu zweit am rhein und essen flönze.
der erste mönch blickt froh und heiter:
ich bin beruhigt – jetzt gibt es eine welt
darin wir sitzen und so weiter.
(der andere:) sei still – du mehrst die welten ohne not,
wenn das der abt erfährt, schlägt er uns tot. –
doch denk wir hätten aus versehen
gesagt: zu dritt am rhein – was wär geschehen?
(der erste:) das diskurs-universum würd sich rächen,
denn wiederum ergäb sich eine neue welten-welt,
die einen operator mehr enthält.

die beiden tranken kölsch in grossen schlucken.
(der erste:) gibt es draussen was zu gucken?
(der andere:) mir scheint hier fliesst der rhein vorbei.–
(der erste:) bist du dir sicher? – (der andere:)
                nein, nicht einwandfrei.
ich könnt jedoch versuchen, mal hinein zu spucken.
wenn es dann klatscht und spritzt,
dann ist die sache wohl geritzt –
dann gibt es einen, welcher sitzt
und spuckt,
ansonsten ist das ganze ein semantisches konstrukt.
dann gibt es nichts zu reden als von sätzen,
in denen referenzlos die bedeutung spukt!

Anm.:
für alle leser aus einer FLÖNZ-freien welt: FLÖNZ ist der name einer abbildungsfunktion aus einer teilmenge semantischer wurstwaren-entitäten in eine teilmenge von metzgereiprodukt-entitäten bzw. ihren wahrnehmungskorrelat-konstrukten. zugleich stellt es einen operator dar, der FLÖNZ-

haltigen sachverhalts-konstrukten einen default-wert im wahrscheinlichkeitsspektrum des raum-kontinuum-konstruktes der diskurs-welt in der nähe des köln-konstruktes – sofern ein solches vorhanden ist – zuweist.

(dass weder die phonetische form noch die existenz eines plurals für FLÖNZ gesichert sind, tut nichts zur sache und führt allenfalls zur konstituierung weiterer diskurs-welten.)

im übrigen ist auch der kölner dom, das grösste gotische konstrukt in mitteleuropa, hohl. darin liegt kein nachteil – in massiver ausführung ginge eine grosser teil seiner schönheit verloren, zumindest von innen.

Beantworten Sie die folgenden Fragen begründet:

1. Welcher der beiden Mönche rasiert sich regelmässig? Mithilfe welcher Gerätschaft?
2. Welche Semantiktheorien werden (zumindest implizit) von den beiden Mönchen vertreten?
3. Welcher Semantiktheorie hängt der Abt an?
4. Vertritt der Verfasser der Anm. noch eine weitere, davon verschiedene? – Wenn ja, welche?
5. Nennen Sie bitte für jede der von Ihnen genannten Theorien einen modernen Vertreter.
6. Hat FLÖNZ einen Sinn? Eine Bedeutung? Jeweils: Wenn ja – unter welchen Bedingungen?
7. Der Spucke-Test des zweiten Mönchs operationalisiert und konkretisiert ein wohlbekanntes Prinzip zur Bestimmung der Bedeutung von Sätzen für einen Einzelfall.
   a) Nennen Sie dieses Prinzip und diskutieren Sie am gegeben Beispiel seine Tauglichkeit.
   b) Skizzieren Sie das Hauptproblem, das in den letzten beiden Zeilen angesprochen wird und
   c) skizzieren Sie eine Semantiktheorie, mit der sich die Zweifel des Mönchs an der Sinnhaftigkeit des Sprechens beruhigen liessen.

Vielen Dank, viel Vergnügen, viel Erfolg!

3 Die Geschichte der beiden Drillinge

Oder: Tertius non datur

Vorbemerkungen des Herausgebers

Die Geschichte der beiden Drillinge gehört zu den Ursprungsmythen des modernen Lacrimonien. Aber trotzdem und vielleicht sogar gerade darum ist sie auch ein Teil der frühen neulacrimonischen Historie.

Zwei unserer jüngeren Kolleginnen in der LAW, Franny Baltz und Pela Melchior, sammeln seit Längerem die mündliche Überlieferung zu den beiden Drillingen, Dokumente zu den frühen Neulacrimoniern sowie ihre biographischen Spuren und prüfen, ob sich zwischen den Überlieferungen der beiden Drillinge und diesen Spuren realer Lacrimonier Querverbindungen und Vernetzungen ergeben. Ein erstes Ziel wird es sein, das gesichtete Überlieferungsmaterial zu ordnen und – falls es das erlaubt – daraus eben die *Geschichte der beiden Drillinge* zu rekonstruieren und sie zu erzählen.

Die beiden jungen Damen hatten zum Redaktionsschluss des Almanachs 2014/15 noch keinen Beitrag vorgelegt, so dass ich eine kurze einleitende Bemerkung zu ihrem Projekt verfasste, um seinen Platz im Publikationsplan der LAW nicht gänzlich leer zu lassen. Zu dieser Ausgabe des Almanachs haben die Beiden nun dankenswerter Weise einen ersten Text beigetragen, dessen Knappheit aber meine damaligen Erläuterungen noch nicht überflüssig zu machen scheint. – So seien sie hier denn nochmals wiederholt:

> Weil aber, wenn nicht die „Geschichte", so doch die „Geschichten" der beiden Drillinge inzwischen zur lacrimonischen Folklore gehören, darf ich zumindest die erzählerische Ausgangsposition skizzieren, die diesen Erzählungen in Lacrimonien zu so grosser Popularität verholfen hat.
> Also: Eines Tages finden sich vor dem Tor eines Nonnenklosters zwei Säuglinge in einem Weidenkorb, begleitet lediglich von einem Zettel mit dem Hinweis. *Dies sind N und M*[37], *die beiden Drillinge.* Die Nonnen ziehen die Jun-

---

[37] Die Namen der Beiden sind vielfältig und unsicher überliefert. Wir haben uns hier keiner der vielen im Umlauf befindlichen Varianten anschliessen

gen mit Enthusiasmus und gutem Erfolg gross, bis sie das Kloster verlassen um zu studieren. Inzwischen sind die beiden mit den Umständen vertraut, unter denen sie aufgefunden wurden. Den unbekannten Dritten in ihrem Bunde, von dem sie nicht einmal wissen, ob er existiert, haben sie Tertius genannt, in Anspielung auf jenen grundlegenden Satz der klassischen Logik *tertium non datur*[38]. Denn auch ihnen war ein Drittes, eben Tertius, nicht gegeben ...

Die Geschichten über die beiden Drillinge, die im Lauf der Jahre die Rufnamen Hans und Franz erhielten und annahmen, zeigen in den Grundzügen eine nicht unerwartete Tendenz. – Beide entwickeln sich, trotz ihrer engen Bindung aneinander, unterschiedlich und prägnant. Und doch steht ihr Werden unter jener Frage, die zugleich als Widerruf zu drohen scheint: „Können wir werden und wissen, was wir sind, wenn wir Tertius nicht kennen? – Wer von uns Dreien bin ich, wer bist Du? Müsste nicht mit gleichem Recht gesagt werden *Primus non datur* oder *Secundus non datur*? – Vielleicht ist ja einer von uns Beiden der Dritte ... Und: Wessen Leben lebt dann jeder von uns?"

Die Geschichten werden dann mit den fortschreitenden Lebensgängen freundlicher, furioser und phantastischer – es kommen Frauen hinzu, Beziehungen, Taten, Krisen ... Leben wird gelebt, inmitten sich schürzender Knoten. Schliesslich erkennen beide: Sie müssen Tertius finden. Ohne ihn können sie das Rätsel ihrer Identitäten und ihrer beider Leben keinesfalls auflösen – auch wenn sie sich nicht der Illusion hingeben, dass ihnen dies mit einem wiedergefundenen Tertius sicherer gelingen werde.

Nun kennt die vergleichende Literaturgeschichte viele Erzählungen, deren Protagonisten sich zu einer Grossen Suche aufmachen; offensichtlich haben wir hier einen klassischen literarischen Stoff vor uns. Die Geschichte der beiden Drillinge unterscheidet sich von den meisten Ausführungen dieses Stoffes aber eben darin, dass sie, in den verbundenen Biographien von Hans und Franz, um ein Gravitationszentrum kreist, das von Beginn an leer zu sein scheint: Ihre Suche gilt einer Person, Tertius, von der nicht einmal bekannt ist, ob sie wirklich existiert, und die doch im Leben der beiden Sucher eine entscheidende, ja geradezu kausale Rolle spielt. So stellen sich unversehens bedeutende philosophische Fragen: Existiert das Mögliche in irgend einer Weise doch? In welcher Hinsicht unter-

---

können und daher die Namen durch *N* und *M* ersetzt, die vorerst als Variablen gelesen werden können.

[38] Der in der alten Logik die scheinbar unschuldige Funktion hat, die möglichen Wahrheitswerte eines Satzes auf zwei – nämlich *wahr* oder *falsch* – zu begrenzen – ein Drittes ist nicht gegeben.

scheidet sich die Existenz der *possibilia* von der Existenz dessen, was tatsächlich, was aktual existiert? Müssen wir unterscheiden zwischen dem, was ist, und dem, was existiert? Und: Kann das bloss Mögliche denn kausal wirken, so wie es im Leben von Hans und Franz wirksam zu sein scheint?

Glücklicherweise besteht das überlieferte Material zur Geschichte der beiden Drillinge aus episodischen Erzählungen aus ihrer beider Leben und nicht aus Abhandlungen zu den oben skizzierten Fragen. Gleichwohl sind diese Fragen im Gang der Handlung im Hintergrund stets konturiert und lassen erkennen, dass ohne den Versuch sie zu beantworten, die Geschichte nicht verstanden, ja nicht einmal als Biographie der beiden Protagonisten erzählt werden kann, weil sie dann eine Kette von skurrilen Begebenheiten bleiben müsste.

In der geplanten Arbeit *NEO – ONE*, so ist zu hören, wird C. Jucund solche Fragen grundsätzlicher verfolgen. Auch wenn von ihr bisher nur die Skizze einer Einleitung vorliegt, verweisen wir daher an dieser Stelle gern auf das folgende Kapitel. – Ist es denn nicht ohnehin so, dass wir Menschen unsere wichtigsten Fragen immer neu und immer von Anbeginn neu beantworten müssen? Und dass früher versuchte Antworten dabei unversehens zu Elementen der neu zu stellenden Fragen, aber selten zu wesentlichen Bestandteilen neuer Antworten werden?

Die Geschichte der beiden Drillinge. Oder:

Tertius non datur

von Franny Baltz
und Pela Melchior

0. Über Anfänge - Vorbemerkungen

Ein, wie wir vermuten, weiser Mann schrieb vor (wie?) langer Zeit[39]:

---

[39] Vgl. „Aus dem Testament des Alten Bibliothekars. Über Anfänge" in den *Excerpta bibliotheca babylonicae,* abgedruckt in diesem Band; s.u.

Niemand kennt die Zahl der Anfänge der Welt.

Wenn zwei einander begegnen und fragen, wie ihre Begegnung begann, so antwortet der eine vielleicht: „Ich stieg herab von den Bergen und kam hierher" und der andere „Ich verliess eine Insel und überquerte das Meer, nun bin ich hier". Alsdann fragt der erste: „Wie gelangtest Du auf jene Insel?" und der zweite „Wie kamst Du in die Berge?" – Und wie stiegen die Inseln aus dem Meer und erhoben sich die Berge über die Ebenen?

Und weiter fragend, weben sie ein Netz von Anfängen und von Anfängen von Anfängen und von ...

Bis sie zu den Grossen Legenden gelangen, den Legenden von den Ursprüngen aller Anfänge ...

Versucht man eine Biographie zu schreiben, erfährt man unweigerlich Ähnliches: Setzen Geburt und Tod (oder das Heute) wirklich Anfang und Ende der Geschichte, die erzählt werden soll? Ist sie nicht vielmehr eingebettet in jenen Strom unendlicher Geschichten, die wir Historie nennen? Bildet sie darin nicht nur eine kurze Episode, die in unendlich vielen Bezügen steht?

Immerhin, Bücher zumindest haben in der Regel einen Anfang: Der Leser schlägt es auf, blättert über Vorsatzblatt, Inhaltsverzeichnis und Vorwort des bemühten Herausgebers oder Autors hinweg und gelangt zum ersten Kapitel, in Biographien häufiger betitelt „Elternhaus, Kindheit und Jugend".

Aber müsste ein solches Eröffnungskapitel nicht eine (unendliche) Einleitung haben, in dem wir alles Notwendige über die Eltern – ihre Biographie – und die der Grosseltern erfahren – bis hin zu den Ursprüngen aller Anfänge?

Bei unseren Nachforschungen über die „Geschichte der beiden Drillinge" schienen wir uns in einer gänzlich anderen Ausgangslage zu befinden: Über die Eltern ist nichts bekannt, die Beiden geraten in ihre Geschichte wie durch ein Versehen – ausgesetzt vor einer fremden Tür. Sie bieten keinen Ansatzpunkt, um in die Vergangenheit zurückzufragen. Und dennoch: Im Verlauf entwickelt sich ihre Geschichte – als eine Reise in die unzugängliche Vergangenheit, als Suche nach ihren Ursprüngen und dem dritten Drilling. – So dass eine Geschichte entsteht, die im Fortschreiten in die Zukunft ihre Vergangenheit findet – oder erschafft. – Als könne niemand seinem Anfang – und damit der Leere jener Grossen Legenden von den Ursprüngen aller Anfänge – entkommen.

Bei unserer Suche nach den Spuren der beiden – oder doch der drei? – Drillinge fanden wir eine Mischung aus Berichten von Begegnungen, Erzählungen aus zweiter und dritter Hand, die z.T. vom Textgenre her den Gattungen der Märchen und Legenden zuzuordnen wären, sowie schriftliche Aufzeichnungen, Briefe und Tagebuchblätter. Dies forderte den Einsatz einer Vielfalt von Methoden: Historische Überlegungen finden sich nun neben solchen aus der Märchen- und Legendenforschung sowie der eher ethnologisch oder ethnographisch orientierten „oral history".

Wir sind uns bewusst, welche Anstrengung wir damit von unseren Lesern verlangen – aber wir fanden keine Alternative, die komplexen Datenlage zu entwirren.

Aber genug der Vorrede! Lassen Sie uns beginnen[40] – mit dem Anfang, der wie alle andere Anfänge doch keiner ist …

1. Aus dem Morgenland[41]

Eines Morgens, so wird berichtet, stand ein Weidenkörbchen vor der Pforte des Klosters. Darin lagen, in Windeln gewickelt, zwei Säuglinge, Knaben. Beigegeben war ihnen ein Zettel, auf dem von zitternder Hand zu lesen war: „Dies sind die Drillinge Caspar, Melchior und Balthasar, gerettet von den Alten Bibliothekaren der Bibliothek zu Babylon. – Retten Sie sie!".

Die Entdeckung der beiden Knaben versetzte die Gemeinschaft der frommen Schwestern in verständliche Aufregung. Was war zu tun? Die Kinder in die Obhut des Waisenhauses in der nahe gelegenen Stadt zu geben, kam nicht infrage. Schon angesichts ihrer denkwürdigen Ankunft hätten die beiden Kinder dort nach Ansicht der Schwestern keineswegs gedeihen konnten. Hätten die geheimnisvollen Bibliothekare

---

[40] Bei der Darstellung der ersten Lebensjahre der beiden Drillinge mussten wir viele Details im Dunkeln lassen, auf die der Leser üblicherweise ein Anrecht besässe: Entweder gab das vorliegende Material über diese Details keine Auskunft oder wir haben über sie geschwiegen, den Bitten der Schwestern folgend. Denn weder sollten sie der Gefahr eines innerkirchlichen Disziplinarverfahrens ausgesetzt werden, noch dem Risiko, dass ihr Kloster von post-postmodernen Gottsuchern als Wallfahrtsort annektiert würde.

[41] Wir folgen hier dem mündlichen Bericht von Schwester Seraina, die die beiden Knaben vor der Klosterpforte entdeckte.

die beiden sonst nicht dort ausgesetzt? Ohne jeden Zweifel mussten die Schwestern sich der beiden annehmen.

Obwohl seit Generationen in ihrem Kloster keine Kinder mehr aufgewachsen waren, fanden sich die Schwestern willens und fähig, sich diesem Abenteuer zu stellen, das in ihrer Lebenssituation auch eine unwiederholbare Gelegenheit darstellte, innerhalb ihrer Berufung Neues zu entdecken und zu leben.

Zur eigenen Überraschung waren sie gemeinsam in jeder Hinsicht fähig, diese Aufgabe zu erfüllen.[42] Denn in jeder von ihnen weckte dieser Einbruch des Lebens von jenseits der Klostermauern hinein in ihre Abgeschiedenheit alte Fähigkeiten, Kenntnisse und das Wissen, wie man einen schlafenden Menschen berührt. All dies hatten sie vor langen Jahren aufgegeben, versucht es dem Vergessen anheim fallen zu lassen – nur um nun zu erkennen, wie sehr sie sich getäuscht hatten, als sie glaubten, derlei sei möglich: Alles war noch oder wurde jetzt wieder – wach und lebendig.

Wie es nicht anders zu erwarten war, gab es zwischen dem Lebensrhythmus zweier Säuglinge und dem streng geregelten Tagesablauf der Schwesternschaft keinerlei Synchronizität. Aber die Frauen meisterten auch diese Herausforderung mit Bravour: Alle beteiligten sich an der Versorgung der beiden Kinder, sie teilten sich in Gruppen auf, die wochenweise und im Schichtbetrieb ihre Betreuung und Erziehung übernahmen und in den Zeiten, in denen sie dieser Aufgabe nachkamen, von den Tagespflichten des Klosters befreit waren. Dafür liebten die Schwestern die Beiden – brachten sie ihnen doch etwas von der ursprünglichen Vitalität und Unvorhersehbarkeit des Lebens zurück, so dass der „Kinderdienst" bald zur beliebtesten Aufgabe im Kloster avancierte.

Aber welche Namen sollten die Beiden tragen, so lange sie in der Klostergemeinschaft lebten? Caspar, Melchior oder Balthasar kamen selbstverständlich nicht infrage! Die Schwestern konnten ihren Kreis nicht mit so frühen, unbekannten Heiligen belasten – war doch abzusehen, dass das Dunkel um ihre Herkunft den Kindern zur Lebensaufgabe werden müsse.

---

[42] Nun ja, sie waren nicht völlig überrascht. – Denn in ihrem Leben vor dem Kloster hatten sie jüngere Geschwister versorgt und erzogen, aber auch Pädagogik, Medizin, Mathematik und Naturwissenschaften, Philosophie und Theologie, alte und neue Sprachen, Völkerkunde und Sprachwissenschaft, aber auch die unterschiedlichsten historischen Fächer studiert. Bei aller Einfachheit und Unprätentiosität in Auftreten und Umgang war ihnen ein selbstverständliches, unaffektiertes Selbstvertrauen zu eigen.

Diese zu tragen sollte aber durch die Namenswahl nicht noch erschwert werden.

Also entschlossen sie sich, die Knaben nach ihren Lieblingspäpsten zu benennen, einerseits nach dem, der ihnen unter den vergangenen der vollendeteste Träger dieses Amtes gewesen zu sein schien: Johannes. – Und nach dem, den sie am liebsten als einen zukünftigen Papst gesehen hätten – einen wahren Franziskus. Hatte doch noch nie ein neu gewählter Pontifex diesen Namen für sich erkoren. – Sie waren aber gross und fröhlich genug, diese Überlegungen für sich zu behalten und, so lange die Kinder im Kloster lebten, nie wieder darüber zu sprechen. Daher gaben sie den Jungen diese Namen in ihrer unspektakulärsten und am einfachsten zu tragenden Form: Sie nannten sie Hans und Franz.

Unter der wöchentlich wechselnden Obhut der Schwestern wuchsen also die Kinder heran und entwickelten sich ebenso schnell wie überraschend. Jede der Frauen war in einem Fachgebiet eine Expertin, unbeschadet ihres Wissens, dass sie im Kloster in einer Parallelwelt mit festen, aussondernden Grenzen lebten. Jede teilte mit den Kindern ihr Wissen, das sie hier weder ausleben, noch ausloten konnten, teilte es mit den Kindern in kindlicher Haltung, so wie die älteren den jüngeren Kindern – wenn sie allein, ausserhalb des Sichtkreises der Erwachsenen spielen – ihre Schätze zeigen, die sie im Verborgenen gesammelt haben, die glitzernde Kugel aus geschliffenem Muranoglas, mit der sich Lichtspektren auf ein weisses Blatt Papier projizieren lassen, das vollständige Skelett eines kleinen Frosches, ausgegraben am Ufer eines Baches, die Muschel, aus deren Höhlung das Rauschen des Meeres erklingt …

So wurde das Kloster für die Kinder durch die Anleitung der sich erinnernden und selbst wieder erkundenden Frauen zu einem Abenteuerland unzähliger möglicher Entdeckungen, in dem sie mit der Muttersprache, der Sprache ihrer Pflegemütter, auch Latein, und bald danach, Griechisch und Hebräisch, Englisch, Französisch und Italienisch lernten – die bunte Welt der Wörter, zu deren Spiel es gehörte, in verschiedenen Gegenden der Welt so unterschiedlich zu klingen und doch von denselben Dingen zu erzählen. Von der Geschichte der Menschen hörten und behielten sie vieles als Geschichten, die erzählt und wieder erzählt werden wollten. Nicht lange und sie entdeckten auch das Geheimnis der Zeichen und lernten neue Spiele: Schreiben, Lesen und Rechnen.

Es muss im vierten oder fünften Jahr nach ihrer Ankunft gewesen sein, als sie begannen, das weitläufige Kloster auf eigene Faust zu durchstreifen. Bald hatten sie die Klosterbibliothek entdeckt als ein in der Welt des Klosters verborgenes Reich der Zeichen, das gefüllt war mit unendlich vielen Abzweigungen in weitere verborgene Welten der Phantasie und des Wissens.

Als die Schwestern im Zimmer der beiden Jungen das erste Buch aus der Bibliothek des Klosters fanden, begannen sie damit, die beiden auf ihren Streifzügen durch diese fremden, aufregenden Welten zu begleiten – wie Fremdenführer, Reisebegleiter, zuweilen Dolmetscher. Schliesslich verlegten sie einen Teil ihrer Begegnungen in die Bibliothek und es begann eine neue Art des Unterrichts, gemeinsames Lesen, Erklären und – immer als das Wichtigste – das Erzählen passender Geschichten. So entdeckten die Kinder für sich Mathematik und Naturwissenschaften, Theologie und Philosophie, Mythologie und Literatur, später Medizin und Psychologie – sicherlich jeweils in der Klosterversion, aber reich genug, dass sich daran ihr eigenes Denken entwickeln konnte.

Vom ihrem Bruder hatten Hans und Franz schon früh durch die abendlichen Gebete der Schwestern erfahren, in die sie ihn regelmässig einschlossen. So lernten die Beiden, mit ihm zu leben, ohne Verwunderung oder Beunruhigung. Er war zwar nicht hier, aber er gehörte fraglos zu ihnen.

Aber eines Abends, als Schwester Scholastika mit ihnen das Abendgebet gesprochen hatte und sich von ihnen verabschieden wollte, unterbrach Hans das alltägliche Gute-Nacht-Ritual: „Schwester Scholastika, Du nennst mich mit meinem Namen, Hans, und Franz mit seinem – wie heisst denn eigentlich unser Bruder, der nicht hier ist?" – Scholastika hatte schon lange auf eine solche Frage gewartet und sich eine Antwort bereit gelegt: „Den Namen Eures Bruders kennen wir nicht, nur Eure Namen. Aber sicher hat er längst auch einen eigenen. Und damit er von uns keinen neuen, aber falschen Namen bekommt, nennen wir ihn immer nur *den dritten Bruder*." Franz protestierte: „Aber irgendwie ist er doch hier, auch wenn er nicht da ist, und dann braucht er auch hier seinen eigenen Namen!" – Die Schwester war von diesen Gedankengängen eines Fünfjährigen ein wenig überrascht, ja verwirrt. Und wie allen verwirrten Erwachsenen im Gespräch mit Kindern fiel auch ihr nur eine Ausflucht ein – die sich aber doch als weise erwies: „Dann schlaft doch einmal darüber, und morgen können wir uns ja überlegen, was für ihn ein guter Name zum Hiersein wäre!" Scholastika trat zu ihnen an ihr Bett, strich ihnen, das Abendritual wieder aufnehmend, über das Haar, deckte sie noch einmal zu und ging hinaus. Einige Minuten schwiegen die beiden Jungen, dann sagte Hans: „Ich habe ein Idee!" – „Ich auch!" antwortete Franz.

Und beide: „Wir nennen ihn Tertius."

Denn schliesslich konnten sie ja schon Latein.

Und kannten die klassische Logik …

4 LEO – Lacrimonian Explorations in Ontology

Vorbemerkung des Herausgebers

An dieser Stelle fand der Leser des Almanachs für 2014/15 Einleitendes zu der früher als Band 5 der Sinne des Lebens geplanten Arbeit von C. Jucund *NEO – ONE. Non-Existent Objects and the Ontology of Non-Existents.* Eine Untersuchung dieser Thematik im Umfang einer Monographie hat Jucund auf nicht absehbare Zeit hintangestellt, zu rechnen ist in näherer Zukunft allenfalls mit einem kürzeren Text.

Andererseits erfuhren wir, dass Pela Melchior sich der Ontologie mit neuen, ungewöhnlichen Fragestellungen zugewandt hat. Wir haben sie daher gebeten, zu unserem Almanach mit einer kurzen Standortbestimmung ihres Projekts beizutragen. Soweit wir sehen, sind die hier abgedruckten Bemerkungen von Pela Melchior „Was heisst und zu welchem Ende studieren wir ontologische Onkologie?" der erste Text überhaupt, der diesem neuen Feld, eben der ontologischen Onkologie, gewidmet ist.

Die somatische Onkologie befasst sich mit Hypertrophierungen biologischer Entitäten und der zugehörigen Prozesse sowie ihren Therapien. *Mutatis mutandis* liegt im Fokus der ontologishen Onkologie die Erkundung hypertrophierender ontologischer Entitäten und der zugehörigen Prozesse – sowie deren Therapie. Wir freuen uns, Pela auf dem eingeschlagenen Weg ein Stück begleiten zu können.

Wir beginnen jedoch mit einem Auszug aus Jucunds *NEO – ONE. Non-Existent Objects – Ontology of Non-Existents. (Zur Ontologie der Nicht-Existenz(en)).*

Auf den ersten Blick mag das Thema albern erscheinen – was existiert, existiert – alles andere gibt es nicht. Aber – wie immer – ist diese Position bei einigem Nachdenken keineswegs leicht zu halten. Darauf weist schon eine frühere Arbeit Jucunds hin, aber auch, wenn man die Frage nur gelassener und genauer betrachtet, die philosophische Tradition selber. Zur Einführung in die Thematik beschränken wir uns unten auf einige orientierende Literaturhinweise[43].

1 Aus: *NEO – ONE. Non-Existent Objects – Ontology of Non-Existents.*

Von C. Jucund

1.1 Vor-Gang anstelle eines Vor-Worts: Spaziergänge zwischen Sein und Nichtsein

Ein Freund, dem in seinem vierten Lebensjahrzehnt die Last des Lyrikers auferlegt worden war, berichtete mir einmal davon, wie und wo in jener Zeit die Gedichte zu ihm gekommen seien: Im Schlaf, im Café, am Meeresufer, auf Türmen – und viele unterwegs auf Gängen in vertrauten oder fremden Städten, auf Wanderungen durch Berg-, Fluss- und Waldlandschaften.

Tatsächlich lässt sich die Bedeutung des Gehens für die Geschichte des menschlichen Geistes kaum überschätzen – man erinnere sich an die athenische Philosophenschule der Peripatetiker, an die Bedeutung der Wandermönche in der christlichen Tradition, an die Kreuzgänge der Klöster und an die Sanyassin im klassischen Hinduismus, denen es untersagt war, länger als eine Nacht am selben Ort zu verweilen.

Auch am Anfang dieser kleinen Ontologie der Nicht-Existenzen stand eine Wanderung – wenngleich eine unfreiwillige. Die Sonne brannte, der Asphalt glühte, aber wir[44]

---

[43] Die *Stanford Encyclopedia of Philosophy* (http://plato.stanford.edu) bietet einige frei zugängliche Artikel, die sich für eine erste Annäherung an die hier berührten Fragen eignen. Vgl. Reicher, Maria. 2008. Nonexistent Objects; Marek, Johann. 2013. Alexius Meinong; Menzel, Christopher. 2014. Possible Worlds; Berto, Francesco. 2013. Impossible Worlds; Mackie, Penelope; Jago, Mark. 2013. Transworld Identity. – Ferner seien noch genannt: Hintikka, Jaakko (1984). Are There Nonexistent Objects? Why Not? But Where Are They? *Synthese* 60 (3); pp. 451–458. – Parsons, Terence. 1981. Nonexistent Objects. Yale University Press.

[44] Fehlen einem Wir die nötigen Komponenten, wird es zu einem Ich, wenn nicht gar zu … – Glücklicherweise war das damals nicht der Fall! Andern-

wollten hinauf auf den Olympischen Hügel in Barcelona. Als wir endlich auf eine Haltestelle der passenden Buslinie trafen, fanden wir dort die Nachricht, dass am heutigen Morgen auf dieser Linie kein Bus verkehre.

Während wir uns also aufmachten, zu Fuss unser Ziel zu erreichen, überlegten wir schreitend, wie viele Busse denn an diesem Morgen nicht führen. War es den ganzen Vormittag über nur dieser eine aus der Aussage, dass in dieser Zeit *kein Bus* verkehre? Oder doch mehrere, nämlich all jene, von deren geplanten Fahrten der aushängende Fahrplan kündete? Oder nicht gar sehr, sehr viel mehr Busse – all jene, die an diesem Vormittag auf dieser Strecke hätten fahren können, etwa als Folge eines Barcelona oder gar ganz Spanien betreffenden Verkehrschaos, das es erfordert hätte, alle Buslinien auf diese Strecke von unserer Haltestelle zum Gipfel des Olympiahügels umzuleiten?

Während wir nun also durch die Hitze schritten, später stampften und schlussendlich schlichen, erörterten wir diese Frage, ganz nach der peripatetischen Tradition der allmählichen Verfertigung der Gedanken beim Gehen.[45]

Eine andere Geschichte: Als ich vor Jahren an einer kleinen Universität in Altmolussien Vorlesungen zur kognitiven Neurowissenschaft der Sprache abhielt, erreichte mich die Bitte, ich möge doch in der nächsten Sitzung zählen, wie viele Hörer und Hörerinnen zu der Vorlesung erschienen seien und die Zahl dem Studiendekanat mitteilen, ausserdem die ergänzende Angabe, wie viele Hörerinnen und Hörer nicht gekommen seien. Meine Antwort lautete so:

> Sehr geehrter Herr Fröhlich!
> Vielen Dank für Ihre Anfrage, die ich gern – so gut und so weit es mir möglich ist – beantworten will.
> Also: Zu der Vorlesung erschienen 47 der eingeschriebenen Studentinnen und Studenten. Eine der jungen Damen brachte ihren Säugling mit, für den (die?) sie an jenem Tag

---

falls hätte die Nicht-Existenz der nötigen Wir-Komponenten einen *hinreichenden Grund* für die weitere Nicht-Existenz der hier folgenden Überlegungen nach sich gezogen, durch Mangel an Gesprächspartnern. – In der Tat, man erschrickt hier zu Recht: Nicht nur das Sein des Seienden unterliegt dem Begründungszwang nach den Regeln des Satzes vom zureichenden Grunde, sondern auch das Nicht–Sein des Nicht–Seienden ruft nach zwingender Begründung durch den Satz vom zureichenden Un-Grunde. Dazu unten mehr.

[45] Wohlgemerkt: Beim Gehen, nicht beim Reden.

keine Betreuung hatte finden können. Während der ersten Hälfte der Vorlesung war er wach und verfolgte – soweit ich beobachten konnte – das Geschehen auf der Leinwand, auf der ich allerlei Beispielvideos präsentierte. Dann schlief sie (er?) ein. Die korrekteste Antwort auf den ersten Teil Ihrer Frage nach der Zahl meiner Hörerinnen und Hörer wäre also 47,5.

Der zweite Teil Ihrer Frage ist ungleich schwerer zu beantworten. Denn: Auf welche Grundgrösse beziehen Sie sich? Eingeschrieben sind für meine Vorlesung 52 Studentinnen und Studenten. Insofern wären es 5 oder 4,5 Personen, die zu jener Sitzung nicht erschienen sind. – Die Lage ist aber ungleich komplexer: Die Vorlesungen an unserer Universität sind ja bekanntlich öffentlich; man muss nicht einmal als Gast eingeschrieben sein, um sie zu besuchen. Daher liegt nahe zu fragen: Wie viele Personen hätten denn zu dieser Veranstaltung kommen können? Die ganze Bevölkerung der Stadt oder der Region? Und alle Besucher, die sich gerade dort aufhielten? – Oder, hätte ich für jenen Tag als Titel der Vorlesung *Der Sinn des Lebens – letzte neurowissenschaftliche Antworten* gewählt und in den führenden Zeitungen des Landes bekannt gegeben, nicht gar alle Bewohner unseres Landes? – Oder – bei einer weltweiten Vermarktung eines solchen Events – alle Bewohner unserer Erde? (Von den anderen intelligenten Lebensformen auf Terra und im Kosmos – bei geeigneten Kommunikationsmöglichkeiten – einmal ganz zu schweigen?)

Eine sehr, sehr beträchtliche Anzahl von Personen befand sich übrigens an jenem Tag nicht in der Zuhörerschaft, weil ihnen dazu gar keine Möglichkeit gegeben war, nämlich alle verstorbenen sowie alle noch ungeborenen Personen. Will man den Begriff der Person daran koppeln, dass ein Individuum, um Person zu sein, der Species *homo sapiens* angehören solle, liesse sich die Anzahl der abwesenden, weil verstorbenen, Personen mit einigen Nachforschungen und etwas Zeit wohl abschätzen. Die Zahl der Ungeborenen hingegen nur ungleich schwerer – mir liegen trotz kursorischer Recherche keine auch nur halb- oder viertelwegs belastbare Zahlen vor, mit wie vielen Mitgliedern unserer Species in Zukunft noch zu rechnen ist, bevor die Erde von einem der bedeutenderen Kometen oder Asteroiden getroffen wird, an einem Ausbruch der grösseren vulkanisch aktiven Gebiete zugrunde geht, nach einem Atomkrieg unbewohnbar oder durch das Altern der Sonne zerstört wird.

Ich hoffe aufrichtig, dass Sie mir verzeihen, dass ich den zweiten Teil Ihrer Frage daher nicht in nützlicher Weise beantworten kann und dass ich Sie auf die philosophischen Abgründe aufmerksam gemacht habe, die Sie mit dieser Frage eröffnet haben. Auch will ich es nicht versäumen meine aufrichtige Anerkennung, ja Bewunderung, auszusprechen für die Umsicht und Gründlichkeit, mit der Sie versuchen unsere kleine Universitätswelt in Zahlen zu fassen und darzustellen.

Mit den besten Grüssen usw.

Soweit ich weiss, war und ist Herr Fröhlich ein ernster und gewissenhafter Mensch. Zu meiner Antwort auf seine Frage hat er sich nicht weiter geäussert.

Noch eine dritte Geschichte: Steven Pinker[46] berichtet von jenem Prozess, der dem Attentat auf das World Trade Center am 9. Sept. 2001 folgte und in dem um die Frage gestritten wurde, ob es sich bei der Zerstörung der Gebäudes – also der beiden Bürotürme – um ein oder um zwei Ereignisse gehandelt habe. Diese Frage mag akademisch oder weltfremd erscheinen – tatsächlich ging es aber um einen Streitwert von mehreren Milliarden US-Dollar. Denn die Gebäudeversicherung sah eine Obergrenze möglicher Versicherungsleistungen *je Schadensfall* vor, so dass die gerichtliche Entscheidung der Frage, ob hier nun ein oder zwei Ereignisse vorlägen, seinerzeit weitreichende finanzielle Auswirkungen nach sich zog.

Diese Geschichten könnten den Eindruck erwecken, dass die Existenz oder Nichtexistenz eine Frage nur an Ereignisse sei. Aber sie trifft mit gleicher Schärfe auch *Gegenstände* im weitesten Sinne, etwa als die Frage: Gibt es Einhörner? Heute würden wir wohl antworten: Nein, nicht in Wirklichkeit,[47] nur in der Phantasie[48] ... Andererseits aber lässt sich mit erstaunlicher Sicherheit rekonstruieren, aus welchen Beobachtungen und Erlebnissen mit der Fauna uns fremder Länder die Vorstellung von den Einhörnern ihren Ursprung genommen hat.[49] – So dass wir zu guter Letzt eben doch vor der kaum zu entscheidenden Frage stehen: *Gibt* es Einhörner oder nicht?

Offensichtlich ist das Reich des Nichtexistenten dicht bevölkert und komplex strukturiert – komplexer vielleicht sogar als das Reich der *existentiae*. Diesem Reichtum und seinen strukturellen Komplexitäten nachzuspüren, wird Aufgabe der

---

[46] Pinker, Steven. 2007. The Stuff of Thought. London: Penguin; p 1ff.

[47] Was immer sie auch sei, die Wirklichkeit – es gibt etwas in ihr ...

[48] Was immer sie auch sei, die Phantasie – es gibt etwas in ihr ...

[49] Vgl. das schöne Buch von Lavers, Chris. *The Natural History of Unicorns.* New York: HarperCollins, 2009.

folgenden Überlegungen sein – nicht ohne den Gedanken zu beherzigen, dass ja „unsere Welt die einzig wirkliche, aber auch die einzig unmögliche sei" und gleichzeitig „die uns bekannte Welt nicht wirklich sein könne, aber doch die einzig mögliche sein müsse ..."[50]

Die Nichtexistenz verhält sich womöglich – ein wenig – wie das Vakuum in der Theorie der Quantenphysik, in der es nicht die absolute Leere darstellt, sondern einen Zustand unendlicher Möglichkeiten, die sich im Gleichgewicht ihrer Kräfte austarieren, so dass – meistens – keine einzeln zu erscheinen vermag. So ist vielleicht auch die Nichtexistenz, ja das Nichts selbst nicht der uneingeschränkte Gegensatz des Existenten sondern ein Gleichgewichtszustand unendlicher Möglichkeiten ...

1.2. Gradationen der (Nicht-)Existenz. Ein Fragebogen

Menschen unterscheiden sich frappant in ihren Ansichten darüber, welche Dinge und Sachverhalt existieren und welche nicht. Könnte es aber nicht doch sein, dass unsere Ansichten und Urteile zur Frage der (Nicht-)Existenz eine komplexere innere Struktur haben und nicht einfach nur kategorialer Natur sind? Es wäre denkbar, dass jedermann auf die Frage „Existiert (ein) X?" mit einem schlichten *Ja* oder *Nein* zu antworten wüsste. Nun sind Entscheidungsfragen schon durch ihre Form dazu angetan, solche kategorialen Entscheidungen hervorzulocken. Sollten also unsere Existenzurteile von komplexerer Art sein, müssen wir auch komplexere Fragen stellen, um diese Komplexitäten ans Tageslicht zu bringen. Nun würde man ja vermuten, dass Existenz selbst, falls sie überhaupt eine Eigenschaften von Gegenständen und Sachverhalten ist, keine skalare Grösse darstellt. Andererseits stellen sich Fragen nach der Existenz immer wieder auch als empirische Fragen, etwa in der Form „Existiert Troja?" oder „Existiert Atlantis?" – Dass Troja wiedergefunden wurde und die Frage seiner Existenz damit positiv beantwortet werden kann, ist zumindest sehr wahrscheinlich: Es gibt – anders als im Hinblick auf Atlantis – dafür gute archäologische Gründe. Als Schliemann aufbrach um Troja zu suchen, waren die empirischen Gründe hingegen alles andere als überzeugend. Ähnliches erlebt man in den modernen Naturwissenschaften:

---

[50] Vgl. die Erzählung *Die Schrödingerschen Verlobten* in diesem Band.

Die Existenz des Higgs-Teilchens konnte schon längere Zeit aus der damals aktuellen Form der Quantentheorie gefolgert werden, bevor seine Existenz endlich nachgewiesen wurde.[51] Wenn also Existenz eine kategoriale Eigenschaft und auch Existenzurteile kategorialer Natur wären – was brächte Menschen dazu nach Dingen zu suchen, die vielleicht nicht existieren?

In der Vorbereitung eines Vortrags zu den „Reden über Sinn" habe ich daher einmal versucht, mit der möglicherweise skalaren Natur unserer Existenzurteile ein wenig zu experimentieren und solche Fragen zu formulieren, die zwar skalare Antworten erlauben, aber nicht erzwingen.[52] Einige

---

[51] An dieser Stelle muss ich ein Geständnis machen: Vor einiger Zeit hatte ich Gelegenheit, den Teilchenbeschleuniger des CERN zu besuchen und mir von einem kundigen Physiker seine Arbeitsweise – und die seiner Nutzer – erläutern zu lassen. Da gab es Detektoren, auf bestimmte Teilchenarten spezialisiert, von der Grösse eines Einfamilienhauses – Unikate, die nach Beendigung des Experiments wieder abgebaut werden. Die Konsequenz aber ist, dass die betreffenden Experimente, in denen sie eingesetzt wurden, vermutlich unwiederholbar sind. Sollte zu einem späteren Zeitpunkt das Experiment erneut durchgeführt werden, liesse sich der entsprechende Detektor nicht mehr rekonstruieren – dafür stellt er ein zu komplexes System dar, dessen Komponenten mit einiger Sicherheit nicht in allen Eigenschaften – vom Material bis zur Ausführung – und in allen ihren Interdependenzen dokumentiert wurden bzw. werden konnten – ganz abgesehen von den adhoc-Lösungen, die Techniker und Ingenieure so lieben, wenn eine Maschine sich nicht wie geplant verhält. – Dann aber wäre es vorbei mit der Wiederholbarkeit des Experiments, obwohl doch der entscheidende Grund- und Glaubenssatz experimenteller Naturwissenschaften gerade der ist, dass unter gleichen Bedingungen gleiche Ursachen zu gleichen Wirkungen führen sollten. Diese gleichen Bedingungen aber würden nie wieder herstellbar sein ... – Damit aber nähert sich das Verfahren der Erzeugung wissenschaftlicher Aussagen demjenigen, das bei der Herstellung ernsthafter Mythologeme Anwendung findet, denn in beiden Fällen beschreiben Angehörige einer privilegierten, weil mit „Geheimwissen" ausgestatteten Gruppe eben nicht mehr allgemein zugängliche Phänomene, sondern solche, über die sie nun – dank ihres privilegierten Erkenntnisstandes – eine Deutungshoheit besitzen.

[52] Genauer gesagt, geht es um die Glaubwürdigkeit von Existenzaussagen anderer und der von ihnen beigebrachten Beweise. – Mir ist wohl bewusst, dass es unmöglich ist, von der möglicherweise skalaren Natur der Existenzaussagen über ein Objekt O, das auch ein Sachverhalt sein kann, auf eine skalare Natur seiner Existenz zu schliessen. Andererseits ist es keine Seltenheit, dass wir bezüglich gewisser Gegenstände und Sachverhalte vor allem Kenntnis über die Verteilung von Existenzaussagen haben, aber keine eindeutigen Aussagen über die Existenz dieser Gegenstände selbst. Mir scheint dies eine Situation zu sein, die von ihrer Struktur her durchaus in der Quantenphysik wiederzufinden ist.
Andere Mängel finden sich sicherlich, wenn man den Fragenkatalog unter den Kriterien einer kunstgerechten Fragebogenkonstruktion betrachtet. Aber bereut man meist nicht vor allem das, was man unterlassen hat? Ein

der befragten Personen hielten alle unten vorgetragenen Berichte, ungeachtet der gelieferten „Beweise" für gänzlich unglaubwürdig. Bei nicht erwiesener Existenz reagierten sie also mit einem kategorialen verneinenden Urteil. Das zeigt, dass auch bei den gewählten Fragen kategoriale Entscheidungen möglich waren.

Die grössere Zahl der Befragten urteilte nicht kategorial, sondern verteilte die Antworten auf den oberen beiden Dritteln der angebotenen „Unglaublichkeitsskala".

Aber genug der Vorrede! – Hier also der Fragebogen, dessen Lektüre, so hoffe ich, dem Leser auch ein wenig Vergnügen bereiten wird, das unter weiteren Vorbemerkungen nur leiden könnte ...

Der Fragebogen

Beantworten Sie bitte die folgenden Fragen spontan(!) und so gut Sie sich die jeweilige Situation vorstellen können. Bedenken Sie jedoch, dass die jeweils vorab mitgeteilte Nachricht aus glaubwürdigsten Quellen stammt, gewissenhaft recherchiert und nachvollziehbar dokumentiert wurde. Also, stellen Sie sich vor:

1) Sie lesen in der Zeitung Ihres Vertrauens, das Ungeheuer von Loch Ness sei gefangen worden und halte sich nun in einem Aquariumsbecken des Zoos von Edinburgh auf, wo es in naher Zukunft vom Publikum besichtigt werden könne.
Schätzen Sie den Grad Ihrer Überraschung durch eine solche Mitteilung ein und geben Sie ihr einen Schätzwert auf einer Skala von 0 (überhaupt nicht überrascht) bis 10 (das ist völlig unerwartet und eigentlich kaum zu glauben):

....

2) Von der Bank Ihres Vertrauens, bei der Sie Ihr Vermögen in den letzten 15 – 100 Jahren gewinnbringend mit einer Rendite von jährlich 6% oder mehr angelegt haben, erhalten Sie die Mitteilung, die Bank finanziere eine private Expedition zur Bergung der sagenhaften Schätze der untergegangenen, unermesslich reichen Stadt Atlantis. Seriöse Forscher, so der Bankbericht zum Subskriptionsangebot,

---

schlechter Fragebogen kann verbessert, ein nichtexistenter hingegen muss erst noch erfunden werden ....

hätten ihre Lage eindeutig ermitteln können. Erste Explorationen versprechen ein „return on investment" von mindestens 100%. – Ihnen wird eine Beteiligung an einem geschlossenen Fonds zur Finanzierung der Bergungsexpedition mit 100% Rendite angeboten, bei fünfjähriger Laufzeit und einer achtzigprozentigen Bankgarantie für Ihren Kapitaleinsatz. Welchen Betrag zwischen 0 und 100'000 EUR wären Sie zu investieren bereit?

…………. EUR

3) Bekanntlich(?) waren alle US-amerikanischen Präsidenten – vermutlich ausser A. Lincoln und J. Carter – Mitglieder einer der verschiedenen Freimaurerlogen. In einer der renommiertesten und glaubwürdigsten amerikanischen Zeitschriften in der Tradition des Aufklärungsjournalismus ist nun zu lesen, dass es zwingende Beweise dafür gibt, dass der Verlauf der gesamten Weltgeschichte der letzten 250 Jahre durch Planungen und Interventionen von Freimaurern und kooperierenden Geheimgesellschaften bestimmt wurde.
Schätzen Sie den Grad Ihrer Überraschung durch eine solche Mitteilung ein und geben Sie ihr einen Schätzwert auf einer Skala von 0 (überhaupt nicht überrascht) bis 10 (das ist völlig unerwartet und eigentlich kaum zu glauben):

…………….

4) In einer der führenden naturwissenschaftlichen Zeitschriften (war es nicht in *Nature*?) erschien kürzlich ein Bericht, auf den Oster-Inseln sei eine Spezies von eierlegenden Hasen entdeckt worden.
Schätzen Sie den Grad Ihrer Überraschung durch eine solche Mitteilung ein und geben Sie ihr einen Schätzwert auf einer Skala von 0 (überhaupt nicht überrascht) bis 10 (das ist völlig unerwartet und eigentlich kaum zu glauben):

…………….

5) Seit Neuestem bietet ein führender globaler Reisekonzern in Zusammenarbeit mit der Abteilung für Quantenphysik des CERN eine dreiwöchige Reise in Parallel-Welten Ihrer Wahl an. Dort können Sie besichtigen und erleben, was aus Ihnen geworden wäre, wenn der eine oder andere Ihrer grossen Träume – soweit physikalisch realisierbar – sich erfüllt hätte.

Schätzen Sie den Grad Ihrer Überraschung durch eine solche Mitteilung ein und geben Sie ihr einen Schätzwert auf einer Skala von 0 (überhaupt nicht überrascht) bis 10 (das ist völlig unerwartet und eigentlich kaum zu glauben):

....

6) Dem britischen „National Heritage Trust" ist nach langen Vorarbeiten eine Rückzüchtung des Einhorns gelungen, das in Kürze in einem grosszügigen Freigehege in Cornwall zu besichtigen sein wird.
Schätzen Sie den Grad Ihrer Überraschung durch eine solche Mitteilung ein und geben Sie ihr einen Schätzwert auf einer Skala von 0 (überhaupt nicht überrascht) bis 10 (das ist völlig unerwartet und eigentlich kaum zu glauben):

....

7) Vor kurzem hat die russische Raumfahrtbehörde in den Steppen Sibiriens einen Flugkörper geborgen, dessen wissenschaftliche und technische Untersuchung folgendes ergab: a) Der Flugkörper wurde aus einem auf der Erde unbekannten Material gefertigt, das erstaunlich leicht und zugleich höchst belastungsfähig ist. b) Antriebs- und Steuerungstechnik folgen Prinzipien, die der internationalen Gemeinschaft der Raumfahrtexperten unerklärlich sind. c) Spektroskopische Untersuchungen ergaben ein Alter von etwa dreihunderttausend Jahren. d) An Bord des Flugkörpers fand sich eine Scheibe aus einem auf Erden unbekannten Material, die von einem handelsüblichen CD-Abspielgerät zum Klingen gebracht werden konnte: Die zu vernehmenden Klänge unterschieden sich nicht von denen der Gould'schen Interpretation von Bachs Goldberg-Variationen, welche die NASA – auf eine traditionelle Schallplatte (wenngleich aus Platin) gepresst – der Raumsonde Voyager mitgegeben hat, die vor Jahren unser Sonnensystem für immer verliess.
Schätzen Sie den Grad Ihrer Überraschung durch eine solche Mitteilung ein und geben Sie ihr einen Schätzwert auf einer Skala von 0 (überhaupt nicht überrascht) bis 10 (das ist völlig unerwartet und eigentlich kaum zu glauben):

....

8) Kürzlich veröffentlichte eine Forschergruppe aus Historikern und Kunsthistorikern eine Dokumentation, in der sie nachwiesen, dass die Etablierung der „klassischen Moder-

ne" in der Malerei wesentlich ein Ergebnis von finanziellen Transaktionen der CIA und verbundener Geheimdienste gewesen ist, mit denen die Ankaufsstrategien der führenden westlichen Museen auf das Feld der abstrakten Malerei gelenkt wurden. Ziel sei es gewesen, der realistischen Malerei, die jenseits des Eisernen Vorhangs dominierte, ein Gegengewicht entgegenzusetzen und sie künstlerisch zu diskreditieren.

Schätzen Sie den Grad Ihrer Überraschung durch eine solche Mitteilung ein und geben Sie ihr einen Schätzwert auf einer Skala von 0 (überhaupt nicht überrascht) bis 10 (das ist völlig unerwartet und eigentlich kaum zu glauben):

....

Vielen Dank für Ihre Mühe!

2 Was heisst und zu welchem Ende studieren wir ontologische Onkologie?

von Pela Melchior

2.1. Um auf den Geschmack zu kommen –
eine kleine Abendbrot-Ontologie

Geschichten, die sich an Realia halten, sind im Allgemeinen ontologisch unbedenklich und fallen daher nicht in das Feld einer möglichen ontologischen Onkologie. Lassen Sie mich daher eine Geschichte erzählen. Sie handelt übrigens davon, wie die Ontologie mich entdeckte.

Vor geraumer Zeit standen vor mir auf dem Abendbrottisch ein Laib dunkles Vollkornbrot, ein kleine Käseplatte, zwei grosse Tomaten und eine Handvoll Radieschen. Tomaten und Radieschen stammten aus dem Garten meines Nachbarn – sie leuchteten und dufteten. Manchmal überlässt er mir etwas von seinen Gartenfrüchten – um den unausgesprochenen Preis, dass ich sie vor und nach dem Verzehr ausgiebig bewundere. Das aber fällt leicht – denn sie sind bewunderungswürdig.[53]

Während ich eine Hälfte der ersten Tomate[54] bedächtig in Scheiben schnitt, erschien es mir, als habe ich noch nie ein solches rotes Rot wie ihres gesehen. Aber nein, auch der anderen Tomate war dieses eigentümliche, geheimnisvolle Rot zu eigen. Vermutlich gehörte es als charakteristisches Merkmal zu dieser besonderen Art von Nachbartomaten.

Dann griff ich nach einem der Radieschen. Es leuchtete ebenfalls in einem ganz eigentümlichen Rot. Kein Zweifel, seine Farbe war Rot und Rot war auch die Farbe der Tomaten. – Aber war es dasselbe Rot wie das der Tomaten?

Natürlich reflektierten wegen ihrer unterschiedlichen Grösse Tomate und Radieschen unmittelbar einfallendes Licht verschieden, was möglicherweise einen Unterschied in der Farbwirkung hervorrufen konnte. Also legte ich beide auf den Tisch und schirmte sie mit einem grossen mattschwarzen Notizheft vor dem vom Fenster her einfallenden Licht ab.

Und nun zeigten, wie erwartet, Tomate und Radieschen im diffusen Zimmerlicht ein noch ähnlicheres Rot als zuvor.

An dieser Stelle überkam mich ein Erschrecken und das Gelüst nach einem ordentlichen Stück Käse, von philosophisch unbedenklicher nichtroter Farbe. Doch vermied ich, mir vom Rotwein nachzuschenken. – Hätte ich denn der Versuchung, das Rot des Weines mit jenem von Tomate und Radieschen zu vergleichen, widerstehen können?

Nun, ich gebe zu: Diese Geschichte ist nicht sonderlich originell; in bestimmten Sprachsituationen – z.B. Einführungen in die Metaphysik – erscheint sie in einer ihrer vielen Varianten stereotyp und fast unvermeidbar, als handele es sich um eine Art von philosophischem Erstaunenskitsch.

Trotz ihres penetranten Charakters vermag sie jedoch gewisse Einsichten zu vermitteln, ansonsten hätte sie nicht bisher so zäh überlebt.

Lassen Sie uns daher einmal versuchen, einige der Einsichten zu formulieren:

---

[53] Erst seit der Lektüre von Caspars Aufsatz „Können oder müssen wir wollen?" (vgl. den Eintrag in der Bibliographie am Ende dieses Bandes), in dem glückliche Tomaten eine nicht unwichtige Rollen spielen, ist mir bewusst, dass ich an jenem Abend ebenfalls glücklichen Tomaten begegnet war. Aussehen, Geschmack und Duft haben sich mir nachhaltig eingeprägt.

[54] Vielleicht habe ich aber auch die zweite Tomate als erste aufgeschnitten. Ich weiss es nicht mehr.

1. Sie können von einem Gegenstand etwas Bestimmtes aussagen, z.B. dass er *eine Tomate ist*, wie in *Das ist eine Tomate*, oder dass er *rot ist* wie in *Diese Tomate ist rot.*
2. Was Sie von einem Gegenstand aussagen, werden Sie häufig von einem anderen – oder sehr vielen anderen – auch aussagen können. Etwa: *Jene andere Tomate ist rot, Alle diese Tomaten sind rot* oder *Dieses Radieschen ist rot* und *Dieser Wein ist rot*, (Andererseits gibt es auch weissen Wein – der ist dann gelb ...)
3. Das, was man von einem Gegenstand und anderen, die nicht mit ihm identisch sind, aussagen kann, scheint diesen Gegenständen eigen zu sein. Man sagt dann, dieser Gegenstand, diese Gegenstände besitzen eben diese Eigenschaft.

Halten wir hier einmal inne. Aber seien Sie gewarnt: Wenn Sie vor einer anscheinend so einfachen Beobachtung tatsächlich verweilen, laufen Sie Gefahr nicht wieder fortgehen zu können, als sei nichts geschehen. – In unserem Fall hat Sie dann die Ontologie entdeckt ...

Im Zentrum der Ontologie steht die Frage: Was existiert? Genauer: Welche Arten von Existierendem, gibt es?

Stellt man diese Frage an unsere eben beschriebenen Tomaten-und Radieschen-Beobachtungen, können wir sagen:

4. Es gibt Gegenstände – z.B. jene auf meinem Abendbrotteller.
5. Es gibt – aber das ist nicht unumstritten – Eigenschaften, die sich Gegenständen zuschreiben lassen: das Tomate-Sein, das Rot-Sein usw.

Wenn man Eigenschaften als existierend anerkennt, entstehen unweigerlich neue Gegenstände. Nehmen Sie die Eigenschaft WIIBVAAMWRW.[55] Sie kennen diese Eigenschaft, auch wenn gute Aussichten bestehen, dass Sie noch nie von ihr Gebrauch gemacht haben: Es ist die Eigenschaft „... *ist etwas, was **i**ch **i**m **B**randfall **v**or **a**llem **a**us **m**einer **W**ohnung*

---

[55] Diese Eigenschaft, nicht aber ihren Namen, verdanke ich einer leider verschollenen Quelle.

retten würde." Nun hat es bei Ihnen glücklicherweise noch nie gebrannt – trotzdem ist Ihnen diese Eigenschaft – vielleicht mit einer Verzögerung von dreissig Sekunden – völlig klar. Das Merkwürdige ist nun, dass aufgrund dieser Eigenschaft neue Entitäten entstehen, denn das, was für Sie diese Eigenschaft besitzt, ist kein Einzelgegenstand. Natürlich werden Sie zuerst Ihren Ehepartner und die kleine Tochter retten, aber gleich danach Ihren Reisepass, die Promotionsurkunde, die Police zu Ihrer Lebensversicherung – sie wird nächstes Jahr fällig – und Ihre externe Festplatte, auf der alles gespeichert ist, was Sie in den letzten zwanzig Jahren geschrieben haben. Sollten Sie aber – wie Schopenhauer – als kinderloser Junggeselle von Ihren Eltern ein Vermögen geerbt haben, von dessen Erträgen Sie bequem leben können, wird Ihre Zusammenstellung von Dingen, die die Eigenschaft WIIBVAAMWRW besitzen, ganz anders ausfallen, vor allem, seit Sie auf einem Flohmarkt ein Exemplar der Blauen Mauritius für 10 Euro erwerben konnten …

Sie wären ein lebensmüder Seelenverwandter von Diogenes in der Tonne, wenn die Eigenschaft WIIBVAAMWRW nicht eine Menge mit wenigstens einem Element beschriebe. Der Minimalbestand dieser Menge wäre „die eigene Person" – ausser eben im Fall akuter Diogenesartigkeit …

Sie sehen also, dass WIIBVAAMWRW eine echte Eigenschaft darstellt – denn Eigenschaften kommen, mit wenigen Ausnahmen, Gegenständen zu, die nicht miteinander identisch sind. Und die WIIBVAAMWRW-Mengen unterscheiden sich eben von Retter zu Retter – WIIBVAAMWRW ist eine Mengen-Eigenschaft …

6. Neben den Einzelgegenständen gibt es Mengen von Gegenständen.
7. Neben den Eigenschaften, die Einzelgegenstände besitzen, gibt es Eigenschaften, die Mengen zukommen.
8. Ferner scheint es Eigenschaften von Eigenschaften zu geben. Denn der Satz *Rot ist eine Farbe*, in dem Rot, anscheinend korrekt, eine Eigenschaft zugeschrieben wird, erscheint uns wahr. Nicht aber der Satz *Rot ist ein Geräusch*[56] – er ist falsch.

---

[56] Man muss in dieser Hinsicht mit den Poeten Nachsicht haben. In einem Gedicht P. Sempers findet sich die Wendung „wenn […] blau die nächte rauschen" – obwohl ein Rauschen keine Farbe besitzt. – Allerdings erzeugen Nächte auch kein Geräusch …

Sie sehen, worauf es hinausläuft, wenn Sie über Tomaten nachdenken, statt sie mit Genuss aufzuessen. Denn Sie ahnen schon: Die Liste, durch die wir uns gearbeitet haben, ist noch längst nicht beendet, und wenn wir unsere Argumentation in dieser Weise fortsetzen, werden wir an kein Ende kommen. Die Menge der ontologisch zu unterscheidenden Arten von Existierendem erweist sich dann als unendlich gross.

Da aber wünschenswerterweise die Ontologie im epistemologischen Sinne eine Theorie des Existierenden sein sollte, wäre ein solches Ergebnis verheerend – eine Theorie darf nicht unendliche viele grundlegende, irreduzible Kategorien besitzen.

Verständlich, dass die Philosophen daher nach *sparsamen Ontologien* suchen: Durch Kriterien, die ein Kandidat für eine ontologische Grundkategorie erfüllen soll, um in diesen illustren Kreis aufgenommen zu werden, durch Regeln, wo und wie man nach ihnen suchen darf, gelegentlich durch Anweisungen, wie missliebige ontologische Kandidaten aus der Welt geschafft werden können, sollen oder – müssen.

Man gewinnt schnell den Eindruck: So, wie die ontologischen Kategorien nach Zahl und Art eine unangenehme Tendenz zur Hypertrophierung zeigen, so sind auch die Vorschläge zur Behebung dieses Übels mit eben diesem behaftet. Es soll ja auch Gesundheitssysteme geben, in denen mehr Medikamente, Kuren und Heilverfahren existieren als Krankheiten! – Wie aber kuriert man ein solches Metaübel?[57]

Wir schlagen hier einen neuen Zugang zu diesen Fragen vor, der sowohl die gesundheitlichen Risiken der Ontologie als auch die der zugehörigen Therapieansätze gemeinsam behandelt – eben die ontologische Onkologie.

Leider können wir sie hier nur kurz skizzieren. Dieses Feld hat sich erst vor wenigen Wochen zu konstituieren begonnen

---

[57] Wir bitten die Leserin, vor allem die vorinformierte, natürlich um Verzeihung für den legären Galopp mit verhängtem Zügel, in dem wir hier durch die Geschichte und die Grundfragen der Ontologie reiten. – Leserinnen, die sich gern näher informieren wollen, oder auch nur das wohlwollende Bedürfnis haben, mich nicht für völlig – wie ein guter Freund es ausdrücken würde – „bekloppt" halten zu müssen, sei hier die folgende Literatur genannt: Ney, Alyssa. *Metaphysics*. London, New York: Taylor & Francis, 2014; Loux, Michael J. *Metaphysics: A Contemporary Introduction (Routledge Contemporary Introductions to Philosophy)*. 3rd ed. London, New York: Taylor & Francis, 2006. Van Inwagen, Peter. *Existence: Essays In Ontology*. New ed. Cambridge: CUP, 2014.

und ein Almanach ist zudem kein passender Veröffentlichungsort für eine Monographie …

2.2 Von der Ontologie zur Onkologie – ein kleiner Schritt

Wenn Mediziner von Onkologie reden, beziehen sie sich auf das Feld jener Phänomene, das seinen Ursprung der unkontrollierten Vermehrung von Körperzellen verdankt. Jeder Zelltyp scheint in der Lage, ein solches Verhalten zu entwickeln; ein Konglomerat solch unkontrolliert sich vermehrender Zellen wird ein Tumor oder ein Carcinom genannt; es gibt so viele Arten von Carcinomen wie Zellen von unterschiedlichem Typ. Die verschiedenen Carcinomtypen unterscheiden sich in der Gefahr, die von ihrem Wachstum ausgeht:

1. Einige wenige wachsen, vor allem bei vorgerücktem Alter des Patienten, sehr langsam, so dass er gute Aussichten hat, eines natürlichen Todes zu sterben, bevor der Tumor eine nennenswerte Grösse erreicht.
2. Andere wachsen schneller, aber lokal und abgekapselt. Dann drücken sie zwar auf das umliegende Gewebe und stören es – z.T. massiv – in seiner Funktion, schädigen es aber nur durch den ausgeübten Druck.
3. Die gefährlichste Gruppe der Carcinome sind die infiltrativ wachsenden Tumore, die bei Kontakt mit benachbartem Gewebe in die Zellzwischenräume hineinwachsen und das Nachbargewebe zum Absterben bringen.

Wie wir gesehen haben, können wir in der Ontologie strukturell ähnliche Phänomene beobachten. Für die philosophischen Wucherungen haben wir nun Bezeichnungen nach folgendem Schema gebildet: Der erste Teil leitet sich vom Namen der Personen oder der Sache ab, von dem das unkontrollierte Wachstum ausgeht; es folgt je als zweiter Bestandteil das tumorbezeichnende Ableitungssuffix -om.

4. Nun scheint es aber einige philosophische Tumore, sog. Philosophome, zu geben, deren Wachstum eine andere als die drei bisher genannten Formen zeigt. Bei ihnen handelt es sich um Carcinome mit negativem Wachstum, die das Umgebungsgewebe zu

einem spurlosen Verschwinden bringen. Eines der aktuell aktivsten und exemplarischsten dieser Gruppe von *inversen Tumoren* ist das *Quineom*.[58]

Wir stellen nun einige der prominentesten Philosophome vor und werden versuchen, jeweils kurz ihren Ursprung, ihre Symptomatik und ihren Pathomechanismus zu charakterisieren. Wie es in jedem neu entstehenden Feld wissenschaftlichen Erkenntnisstrebens nicht anders sein kann, beanspruchen wir weder Vollständigkeit noch Stringenz der Darstellung.

Die ontologische Onkologie ist ein junges, offenes Feld ...

2.2.1   Das Platonom

Plato kannte eine Welt der *Formen*, in der alle „natural kinds", aber auch Schönheit, Wahrheit und die Tugenden ideal präsent sind, jenseits von Raum und Zeit. Irdische Dinge sind schön, insoweit sie an der *Form* der Schönheit partizipieren; Dreiecke sind dreieckig insofern sie an der *Form* des idealen Dreiecks teilhaben. Die Formen sind nicht unmittelbarer Beobachtung zugänglich, sondern erschliessen sich nur dem betrachtenden Intellekt. Die platonischen Formen entsprechen den Universalien; wer heute noch philosophisch an sie glaubt, ist ein (ontologischer) *Realist*.
Es ist leicht zu erkennen, dass ein Reich der idealen Formen kaum vor einem uferlosen Bevölkerungswachstum gefeit ist – und somit höchst anfällig für die Wucherungen des *Platonoms*. Diese Befürchtung mag anachronistisch sein, kannte Plato doch weder Logiken höherer Stufen, die es erlauben, über Eigenschaften, Eigenschaften von Eigenschaften usw. zu quantifizieren, noch eine mathematische Mengentheorie, in der es neben Mengen noch Mengen von Mengen, Mengen von Mengen von Mengen und vieles mehr gibt. Auch war ihm das moderne Instrumentarium unbekannt, das eine unbeschränkte Produktion von Eigenschaften und damit von potentiellen Formen erlaubt.

---

[58] Es sind verschiedene Unterarten bzw. Frühformen bekannt, etwa das *Paraphraseom*.

Es gibt viele Spielarten des Platonoms, deren Pathomechanismen, ebenso wie die passenden Therapien, im Einzelfall zu bedenken sind.

2.2.2 Das Meinongom (und das Bullshitom)

Alexius Meinong hatte in ontologischen Fragen ein grosses Herz, wenn nicht sogar einen weiten Horizont. Er unterschied drei Arten von ontologischem Status: a) Manche Dinge existieren – ich, z.B., der Computer, vor dem ich sitze und diese Zeilen schreibe, aber auch das Gebäude, in das ich morgen zurückkehren werde, um meinen Lebensunterhalt zu verdienen. Auch Sachverhalte können nach Meinong[59] existieren, z.B. der Sachverhalt, dass der englische König George VI. sein Stottern von Lionel Logue behandeln liess.

b) Im Gegensatz zu existierenden Gegenständen und Sachverhalten gibt es solche, die *bestehen* – ihnen fehlen die Raum-Zeit-Koordinaten, so etwa die Zahl Pi, die Tugend der Sparsamkeit und der Sachverhalt, dass das Quadrat über der Hypotenuse eines rechtwinkligen Dreiecks der Summe aus den Quadraten über den beiden anderen Seiten entspricht.

c) Meinong kennt ferner Gegenstände, die es lediglich gibt, ohne dass sie bestehen oder existieren. Gute Kandidaten sind die Einhörner[60], der Berg aus Gold und das Schlaraffenland. – Aber auch der Mann, der jetzt in meiner Schlafzimmertür steht, obwohl dort nichts zu sehen ist, sowie der Sachverhalt, dass Caspar Jucund ordentlicher Professor für Linguistik an der ältesten Universität von Inselmolussien ist – der eben, zu seinem Bedauern, glaube ich, nicht existiert – gehören zu den gegebenen Gegenständen. Und auch die „unmöglichen" Gegenstände, wie das runde Quadrat, der verheiratete Junggeselle und die vegane Raubkatze, um nur einige zu nennen.

---

[59] Alexius Meinong Ritter von Handschuchsheim (17.07.1853 – 27.11.1920) war ein in Wien bei Franz Brentano ausgebildeter Philosoph. Nach vier Jahren als Pirvatdozent in Wien ging er nach Graz, wo er für einige Zeit ein Extraordinariat, dann eine ordentliche Professur für Philosophie innehatte. 1894 gründete er das erste Labor für experimentelle Psychologie (!) in Österreich. Vgl., auch zum Folgenden, den entsprechenden Eintrag in wikipedia.org.

[60] Vgl. aber im vorigen Beitrag Punkt 6 des Fragebogens und das bei Jucund erwähnte Buch von C. Lavers, *The Natural History of Unicorns*.

Natürlich hat Meinong für seine Ontologie systematische Gründe, die wir hier nicht erläutern wollen. – Aber man sieht leicht, wohin es führt, wenn die Gegebenheit eines Gegenstandes als eigener ontologischer Status gelten soll, nämlich zu *Meinong`s jungle*. So wird zuweilen scherzhaft jenes Reich genannt, in dem es alles gibt – selbst Unmögliches.

Offensichtlich besteht die Gefahr eines Wildwuchses des bloss Gegebenen – mit möglicherweise bösartigem Potential.

Meinongs Gegenstandstheorie[61] wurde bald nach ihrer Veröffentlichung heftig bekämpft, galt als widerlegt, erfuhr diverse Auferstehungen und erneute Begräbnisse ... – Im Augenblick scheint sie zu leben,[62] ist aber bei jenen Philosophen, die sich und andere gern mit *Occam's razor* balbieren, nach wie vor verpönt.

Immerhin bietet die Gegenstandstheorie den Vorteil, beschreiben zu können, worüber wir reden, wenn wir über nichtexistente Objekte reden. Die Rede von Nichtexistentem ist an sich ja noch nicht zwingend pathologisch. Wird hingegen systematisch „Gegebenes" als Existierendes ausgegeben, muss man anders urteilen[63] ... und entsprechende Heilmittel und chirurgische Verfahren bereithalten.

---

[61] Vgl. Meinong, Alexius. Über Gegenstandstheorie. In ders., Hrsg. Untersuchungen zur Gegenstandstheorie und Psychologie. Leipzig: Johann Ambrosius Barth, 1904; pp. 1 – 50. – Meinong, A. Über die Stellung der Gegenstandstheorie im System der Wissenschaften. Leipzig(?): R. Voigtländer, 1907. – Beide abrufbar unter www.archive.org.

[62] Vgl. Berto, Francesco. *Existence as a Real Property: The Ontology of Meinongianism* (Synthese Library). Berlin usw.: Springer, 2013.

[63] Insbesondere nach der Lektüre von Frankfurt, H.G. *Bullshit*. (Dt. Übers. v. "On Bullshit", *The Raritan Review* VI:2, 1986.) Frankfurt: Suhrkamp, 2006. Der Text erschien 1986 weitgehend unbemerkt. Als die Busch-Administration sich anschickte, die Existenz von Massenvernichtungswaffen im Irak nachzuweisen, wurde er dann von einem weisen und geschäftstüchtigen Verlag mit Erfolg erneut in Buchform publiziert.
Wird in der von Frankfurt beschriebenen Weise von einem komplexen Sachverhalt, dessen Teile einerseits existierende, andererseits aber auch nichtexistierende Teilsachverhalte sind, nun behauptet, dass er tatsächlich, in seiner kompexen Form existiere, dann steht man eindeutig vor dem pathologischen Fall eines **Bullshitoms**. – So weit schon epidemiologische Erkenntnisse vorliegen, scheint das Bullshitom äusserst verbreitet zu sein. Fast muss man befürchten, dass in einigen Diskursuniversen alle wesentlichen Sachverhaltsaussagen von ihm befallen sind und sich ganze Berufsgruppen seiner Pflege widmen.

2.2.3   Das Lewisom

Während das Meinongom ein Wucherungsphänomen über Dingen und Sachverhalten darstellt, befällt das Lewisom ganze Welten und führt zu ihrer kaum eingeschränkter Proliferation.

Wie die Dinge nun einmal stehen, ist Caspar Jucund unverheiratet, Mitglied der LAW und trägt eine sich selbsttätig mit der Zeit vergrössernde Naturtonsur. Aber das alles, so scheint es, könnte sich auch anders ergeben haben: Dann hätte seine Jungendliebe den Heiratsantrag nicht abgelehnt, sondern angenommen; er wäre jetzt Professor für Linguistik an der ältesten Universität von Inselmolussien[64] und besässe noch fast die Haarfülle seiner zwanziger Jahre.

David Lewis[65] hat versucht, solche Überlegungen philosophisch zu erläutern:

> The way things are, at its most inclusive, means the way this entire world is. But things might have been different, in ever so many ways. [... p. 2 ...] There are ever so many ways that a world might be; and one of these many ways is the way that this world is.
>
> Are there other worlds that are other ways? I say there are. I advocate a thesis of plurality of worlds, [...] which holds that our world is but one world among many.
>
> Lewis 1986, p. 1f.

Seine These ist nun, dass zu jeder der Weisen, in der die Dinge sein können, eine Welt existiert, und zwar in der gleichen Weise existiert, wie auch die unsere. Trotz des von Lewis eingeführten Apparats von Beschränkungen und Abgrenzungen der möglichen von den unmöglichen Welten öffnet sich hier ein weites, ja man muss befürchten: zu weites Feld.

Zwar kennt auch die Quantenphysik Interpretationsmodelle, zu deren konzeptuellem Instrumentarium Parallelwelten gehören; ähnliche Ideen spielen auch in der modernen Kosmologie eine Rolle. In beiden Fällen gehören diese Vorstel-

---

[64]   Ich glaube nicht, dass es ihm geschadet hätte. – Allerdings: Hätten wir uns dann kennengelernt? – Immerhin – Hoffnung besteht: In einer der Welten, in der er auf jene Linguistikprofessur berufen wurde, habe ich ja ein Postdoc-Stipendium in seiner Abteilung erhalten. Allerdings wüsste ich dann hier und jetzt nichts davon ...

[65]   Lewis, David. On the Plurality of Worlds. Oxford: Blackwell 1986.

lungen aber zu Theorien, die umschriebene Phänomene erklären sollen. Bei Lewis ist aber ungleich schwerer erkennbar, was mit seinen Hypothesen zur *pluraliy of worlds* erklärt werden soll und kann.[66]

Wir sind also gut beraten, das Weltenwachstum aufmerksam und mit misstrauischem Respekt zu beobachten. Nicht dass sich darin doch allerlei Lewisome entwickeln!

Unabhängig von solchen Fragen kann die Vorstellung paralleler Welten, in denen die unrealisierten Möglichkeiten unserer Welt wirklich werden, anscheinend tröstlich sein. Wir erinnern nur an das Sempersche Gedicht *anderwelt*, das in einer früheren Version auch *trost der quantenphysik* geheissen haben soll.[67] Es ist aber nicht bekannt, dass Lewis mit seiner Theorie der Parallelwelten einen aktuellen Beitrag zur Weiterentwicklung der philosophischen Seelsorge zu leisten beabsichtigte ...

2.2.4 Das Quineom[68]

Das Quineom, das wir oben als exemplarischen Vertreter der „inversen" Tumore nannten, führt bei Kontakt mit einem geeigneten Gegenstand zu einem inversen Wachstum – bis hin zu seiner völligen Auflösung.

Setzt man ein Quineom in einer Welt mit einem reichen Bestand an unterschiedlichen Kategorien von Entitäten aus, wird es mit ihnen energisch aufräumen – bis auf einen Restbestand an (physikalischen) Objekten. Über diese lässt sich etwas aussagen. Aber wenn ich sage „Dieser Gegenstand hier ist rot", darf mir dieser Satz zwar rechtens als wahr erscheinen, aber ich habe damit dem Gegenstand keine Eigenschaft zugeschrieben, sondern lediglich einen einfachen

---

[66] Vgl. Lewis 1986, pp. 3–5 für einen Überblick.

[67] In P. Semper (2013:79).

[68] Willard van Orman Quine hat das Quineom sicherlich weder erschaffen (oder erfunden), ähnliche Schrumpfungsprozesse waren schon lange in der Umgebung überzeugter Nominalisten zu beobachten. Aber ihm kommt das Verdienst zu, in der Mitte des letzten Jahrhunderts unaufwendige Prozeduren zur Vermehrung und Pflege des Quineoms beschrieben zu haben.
Die Stanford Encyclopedia of Philosophy bietet auch zu Quine einen schönen Übersichtsartikel (http://plato.stanford.edu/entries/quine/), der erst kürzlich aktualisiert wurde (Version vom 1. Dez. 2014). Das schon erwähnte Buch von A. Ney zeigt einige der erwähnten Verfahren bei der Arbeit.

Sachverhalt ausgedrückt, der sich nicht weiter analysieren lässt.

So ist es möglich, Eigenschaften, abstrakte Objekte, mögliche Objekte und alles sonstige ontologische Kategorieninventar aus der Welt zu schaffen. Quine bekennt, „a taste for desert landscapes"[69] zu besitzen.

Nun ja, man muss es mögen können … Oder doch etwas gegen das Quineom und für die Rekultivierung der Welt mit einer philosophisch angemessen Artenvielfalt unternehmen.

2.3   Andere Philosophome

Wir wollen an dieser Stelle unseren impressionistischen Streifzug durch die Vielfalt der Philosophome unterbrechen.

Jedoch sollen noch einige Kandidaten benannt werden, damit erkennbar wird, dass die ontologische Onkologie in der Tat nicht nur ein junges, sonder auch weites und offenes Feld darstellt.

In jedem Verdachtsfall liegen erste Beobachtungen vor, die die Vermutung begründen, hier sei ein eigenständiger pathologischer Prozess am Werk, der dank seines Gefährdungspotentials verdient genauer erforscht und auf mögliche Therapien hin betrachtet zu werden.

Das Solipsom
Es ist erkennbar an der Tendenz zu leugnen, dass etwas ausser dem eigenen Ich existiere. Die metaphysischen, epistemiologischen und ethischen Konsequenzen sind weitreichend. Pathologisch liegt ein partieller Wucherungsprozess mit anschliessender Verklumpung vor.

Das Hedonom
Eine leider häufiger anzutreffende Folgeerscheinung des praktisch-philosophischen Solipsoms, in der bei fortgeschrittener Verklumpung sich die Lebensäusserungen ohne äussere Not auf die Befriedigung primärer Bedürfnisse zentrieren.

Das Metanom / Gnosom
Es äussert sich in der Frühphase in der Generierung stets neuer Reflexions- und Erklärungsebenen. Nach einiger Zeit kommt es zu einer Sklerosierung der befallen Komplexe; es

---

[69] Quine, W.V.O. 1948. On What There Is. – Wiederabdruck in ders. *From a Logical Point of View*. Cambrdige, MA: Harvard UP, 1980, dort p. 4.

entsteht ein festes Wahrnehmungs- und Interpretations-system, das auch bei völliger Abkapselung von der Umwelt über lange Zeit funktionsfähig fortbestehen kann.

Das Hegelom oder Panom

Ein allumfassender, nicht-selektiver Hypertrophierungs- und Verklumpungsvorgang von besonderer Gefährlichkeit. In letzter Zeit seltener zu beobachten.

Das Nihilom

Es ist unter den Schwundcarcinomen als das Gegenstück zum Panom anzusehen. Auch dort wird gegen Ende des Prozesses alles eins – nämlich nichts.

Das Praxom

Aus dem Feld der praktischen Philosophie (oder ihrer künstlichen Ersatzformen) stammt das Praxom. In seinem Verlauf wird alles zur Tat – mit dem Resultat anhaltender und zunehmend desorientierter Handlungsagitiertheit.

Das Oikonomom

stellt eine Unterform des Praxoms dar, bei der alle Aktivitäten der Erzeugung von ökonomischem Zuwachs dienen. Der Prozess ist ab einem gewissen Aktivitätsniveau nicht mehr umkehrbar und endet erst mit der Zerstörung des befallenen Systems oder der ihm zur Verfügung stehenden Ressourcen.

Das Zertifikom

ist eines der Hilfsgeschwulste des Oikonomoms, das die Teilsysteme und Prozesse in der Nachbarschaft eines Oikono-moms so verändert und reguliert, dass sie sich möglichst rückstandslos und unter Abgabe aller Energie von diesem integrieren lassen.

2.4 Ontologische Onkologie – zu welchem Zweck?

Offensichtlich lässt die Frage nach der Gesamtgestalt eines philosophischen Prozesses, d.h. seinen verschiedenen Pha-sen, seinen Begleiterscheinungen sowie möglichen Endzu-ständen, dem Ressourcenverbrauch sowie nach den Bedin-gungen, die seine Entstehung fördern, neue Aspekte dieses Prozesses selbst erkennen und erlaubt damit seine angemessenere Gesamteinschätzungen. Erstmals bietet sich auch die Möglichkeit, jenes ungeheure Wissensreservoir der Medizin für philosophische Klärungen zu nutzen. Gilt doch in der iatrogenen Epistemiologie schon lange der Grundsatz, dass die Menge des Weltwissens eine echte Untermenge des medizinisch-ärztlichen Wissens darstellt.

3. Ontologische Winterbriefe

Hrsg. von J. Ernst Remit

3.0 Vor- und vorläufige Nachbemerkung des Herausgebers

Die Ontologischen Winterbriefe sind eines der Fundstücke aus dem Umkreis der LAW, der sie – wie manch andere Merkwürdigkeiten – über Lothar, den Einsiedler, zuhanden kamen. Woher und wie sie zu ihm gelangten, hat er, seinen minimalistischen Kommunikationsgepflogenheiten getreu, nicht mitgeteilt – anderes war auch nicht zu erwarten.

Im Verlauf der Edition dieser Brieftexte erreichte uns aber die Nachricht des anonymen Autors, dass er gegen eine – auch nur partielle – Veröffentlichung schärfsten Protest einlege! – Er nannte dafür einen überzeugenden Grund: Er habe die betreffenden Briefe noch gar nicht geschrieben, sie könnten also auch noch nicht verschollen, wiedergefunden und in unseren Besitz gelangt sein. Da es ihm aber um die ontologische Zulässigkeit der Veröffentlichung gehe, die er als nicht gegeben betrachte, und nicht um persönliche Rücksichtnahme auf seine Privatsphäre, teile er uns gerne Folgendes mit:

Die Briefe seien an eine Frau Professor Lennacker – natürlich anderen Namens, selbst wenn sie nicht existieren sollte – gerichtet und behandelten Fragen der Interdependenz zwischen Ontologie (nein, nicht Onkologie!), Linguistik und Theologie. Ob es sich um eine monologische Brieffolge handeln werde oder um einen Briefwechsel, sei nicht bekannt, da noch nicht einmal der erste Brief geschrieben und abgesendet worden sei. Ob Frau Professor Lennacker in einen ontologischen Gedankenaustausch mit ihm zu treten wünsche und ihm daher antworten werde, sei derzeit also eine unentscheidbar Frage, von deren Existenz sie keine Kenntnis habe.

Der Stringenz dieser Ausführungen konnten wir uns nicht entziehen, zumal die Briefe ja noch nicht geschrieben wurden und daher hier auch nicht sollten abgedruckt werden können …

Die Frage, an was wir uns erinnerten, als wir in einer Redaktionssitzung entschieden, dass die Briefe einen Platz in unserem Almanach erhalten sollten, lassen wir staunend offen, da sie ja gar nicht existieren …

Wir hoffen aber, dass der jetzt noch virtuelle Briefautor zu einem aktuellen werden möge – denn das Thema, die Interdependenz zwischen Ontologie, Sprache und Theologie ist mehr als spannend …

Wir wünschen ihm also … Ja, was? – Ob er seinem ersten Brief nicht doch ein Foto beilegen sollte? – Müssen denn alle ontologischen Fragen durch ontologische Gründe entschieden werden?

5. Excerpta bibliothecae babylonicae

Vorbemerkung des Herausgebers

Zu jener Zeit, als die Rundbriefe des GIAS / OGIAS das Verschwinden Caspar Jucunds vermeldeten, wurde bekannt, dass in den Wäldern Südneumolussiens kurz zuvor Lothar, dem Einsiedler, von einem unbekannten Wanderer ein Paket mit Manuskripten übergeben worden sei, welche auf dem Deckblatt den Titel *excerpta bibliothecae babylonicae* trügen und am Fuss der Seite den Vermerk *Für das OGIAS*.

Die Tragweite der damaligen Nachricht erschliesst sich nicht ohne einige Hinweise zum literarischen Topos der umfassenden, gar allumfassenden Bibliothek. Die Literaturgeschichte kennt sie in vielen Varianten und Funktionen. Die prägnanteste moderne Form der Vorstellung einer Universalbibliothek hat J. L. Borges in seiner Erzählung *Die Bibliothek von Babel*[70] geschaffen. In ihr sind Bücher versammelt, deren jedes 410 Seiten mit 40 Zeilen zu je 80 Zeichen umfasst. Sie zeichnet sich nun dadurch aus, dass sie *alle* Bücher genau diesen Umfangs enthält. – Berücksichtigt man das *Zweite Axiom der Bibliothekare*[71], ergibt sich ein Buchbestand von insgesamt 25 hoch 1.320.000 Bänden – alle Variationen von 25 Symbolen in einer Kette von 1.320.000 Zeichen. Ihr Platzbedarf übersteigt die räumliche Ausdehnung des bekannten Universums um ein Vielfaches, nämlich 1,8 Millionen Grössenordnungen.[72]

---

[70] Die Erzählung findet sich in *Der Garten der Pfade, die sich verzweigen* (1941), dem ersten Teil der *Fiktionen*.
Die Idee einer ähnlichen Sammlung bietet bereits Kurd Laßwitz in der kurzen Erzählung „Die Universalbibliothek" (in *Traumkristalle*, 1902). Sie enthält alle Bücher im Umfang von fünfhundert Seiten, 40 Zeilen und 50 Buchstaben je Zeile – bei 100 erlaubten orthographischen Zeichen. – Laßwitz spekuliert auch informiert über die schier ungeheuerliche Grösse seiner Bibliothek …
Die Literatur zu imaginären bzw. literarischen Bibliotheken ist beträchtlich. Als Einführung in die Thematik vgl. Rieger, Dietmar. 2002. *Imaginäre Bibliotheken: Bücherwelten in der Literatur*. München: Fink; für eine Auswahl von Arbeiten zu aktuellen Fragestellungen vgl. den M. Gemmel, M. Vogt, Hrsgg. *Wissensräume. Bibliotheken in der Literatur*. Berlin, 2013.

[71] Es lautet: *Die Anzahl der orthographischen Symbole ist fünfundzwanzig.*

In in einer solchen Bibliothek liegt die Hauptaufgabe offensichtlich in der *Sinnsuche* – darin, jene Bücher zu finden, die interpretierbare Zeichenfolgen enthalten und einen Sinn erkennen lassen ...

In der Zwischenzeit ist ein kleiner Bestand an Manuskripten aus den *excerpta* nach Lacrimonien gelangt – eine wunderliche Mischung verschiedenartigster Textgattungen. In der LAW versuchen wir, sie zu erschliessen und herauszugeben.

1. Aus dem Buch der kürzesten Geschichten
2. Aus dem Testament des Alten Bibliothekars
3. Das Buch der Träume
4. Das Buch Memento[73]

1. Aus dem Buch der kürzesten Geschichten

Vollendete Harmonie

Unsere Welten sind voller Rätsel, die uns umgeben wie die Luft, die wir atmen, das Licht des Tages, die Finsternis unserer Nächte.

So fliehe ich oft am Nachmittag vor ihnen, nach den Stunden über den Büchern, hinaus aus dem Appartement, in den Jardin. Dort suche ich mir, ein alter, unbemerkter Mann, gestützt auf seinen Stock, eine Parkbank inmitten der Menge der Vorübereilenden, der gemächlichen Spaziergänger, der Verweilenden.

---

[72] Verschiedene Berechnungen zur Grösse der Bibliothek liegen vor, sowie Verfahren zur algorithmischen Katalogisierung ihres Bestandes, die jedoch zumeist den Nachteil haben, dass der resultierende Katalog einen grösseren Umfang besitzt, als die Bibliothek selbst – ein Umstand allerdings, der für die Arbeitsweise entwickelter Verwaltungprozeduren im ganzen Universum ein Universal darstellten dürfte. – Ferner hat auch in Kunst und Architektur die Vorstellung der Bibliothek eindrucksvolle Spuren hinterlassen, über die bereits von anderen gelehrt berichtet wurde.

[73] Das Buch Memento wird in den *excerpta* verschiedentlich erwähnt; bisher konnte ihm aber keiner der transkribierten Texte zugeordnet werden. Trotz seiner aktuellen Leere wollten wir – unseren bewährten Prinzipien der editorischen Treue folgend – die Nachricht darüber nicht unterdrücken. Auch die Bibliothek von Babel enthält ja – gleichsam als erstes – einen Band, dessen 410 Seiten mit je 40 mal 80 Leerstellen gefüllt sind.

Ich sammele nicht nur die Bücher, die ich gelesen habe oder lesen sollte, sondern auch Gesichter; denn wenn einige unserer Rätsel einmal eine Antwort finden werden, dann dort. Dort, wo unsere Lebensläufe, Schicksale, das Sehnen, die Suche, das Glück und – oft – das Unglück aufbewahrt sind.

Aber nun zu der kurzen Geschichte, von der zu berichten mir – vielleicht als einziges – aufgetragen ist.

An einem dieser Nachmittage sass, mir gegenüber, auf der anderen Seite des geharkten Weges eine junge Frau allein auf der Bank und las. Ihr dichtes schwarzes Haar leuchtete vor der roten Blütenfülle eines Rosenbusches. Dem ersten Blick erschien sie unauffällig, dem zweiten ihrer selbst sicher und bewusst. Als sie dann – wie es so oft geschieht – von ihrem Buch aufblickte und zu mir herüber sah, traf mich der Blick ihrer blauen klaren Augen und ihres hellen offenen Gesichtes wie ein plötzlicher Schmerz, der Schmerz einer Flut jäher, versunkener Bilder. Ein Turm, die weite Sicht über die kleine Stadt, eine grüne Ebene, dahinter die sich verlierenden Berge. Während wir dort standen und sprachen, entfalteten sich vor uns klar, offen, freundlich die Jahre, die kommen wollten ... „Ich weiss." Sie blickte auf, sah mich an. „Dennoch." Sie ergriff meine Hand, mit der anderen strich sie mir über die Wange. „Dennoch." – und ging, Tränen in den Augen, fort. – Ariadne ...

Der Bilderstrom brach jäh ab – vor der Bank stand ein junger Mann, beugte sich zu Boden, als suche er etwas, ging weiter, kehrte nach wenigen Augenblicken zurück, hielt wiederum inne und schaute die Frau an, die nun wieder las. Dann trat er an den Rosenbusch, brach eine der Blüten, setzte sich neben die Lesende und sprach leise zu ihr – trotz der geringen Entfernung entglitten mir die Worte. Dann reichte er ihr die Blume. Sie sah ihn an, nahm mit ihrer Rechten die Blüte, mit der Linken berührte sie mehr als einen Augenblick lang seine ausgestreckte Hand.

So sassen sie regungslos und blickten einander in die Augen. Die sich pötzlich mit Tränen füllten – die seinen wie die ihren. Sekunden – oder waren es Stunden, Tage, Monate, Jahre, Ewigkeiten? – verstrichen. Jäh legte sie das Buch auf die Bank, die Blüte darauf, wandte sich ab, stand auf und ging fort. Nach wenigen Schritten hielt sie inne, wandte sich um, winkte ihm zu, ging weiter und tauchte ein in den Strom der Spaziergänger auf dem Hauptweg des Jardin. Er sass erstarrt, dann schlug er die Hände vor das Gesicht.

Einige Minuten lang rang ich um Fassung; der junge Mann sass immer noch, das Gesicht in den Händen verborgen, mir gegenüber. Ich ging zu ihm hinüber, setzte mich neben ihn auf die Bank. "Ich habe gesehen, wie Sie ankamen und wie sie fortging" – Er blickte auf: "Wissen Sie, was gerade geschehen ist?" "Das weiss ich nicht. – Kannten Sie diese Frau?" fragte ich zurück. – "Nein, aber ich wusste immer, dass ich ihr eines Tages begegnen müsse. Und als sie mich ansah, konnte ich in ihren Augen die kommenden Jahre, unser ganzes Leben, ja sogar unsere Kinder sehen." – "Und dann kamen Ihnen die Tränen?" – "Ja, ich habe geweint." – "Wissen Sie auch, was sie erblickte, als sie in Ihre Augen sah?" – "Wissen Sie es?" – "Das nicht, aber ich vermute, sie sah dieselben Bilder wie Sie."

Er schwieg und sah mich an, als erwarte er, dass ich weiter spräche. "Nein, auch wenn Sie ihr gefolgt wären, hätten Sie sie nicht aufgehalten. – Nehmen Sie diese Rose," sagte ich und hielt ihm die Blume entgegen, die er selbst gebrochen hatte, "Hüten Sie sie und hüten Sie sich vor ihr."

Er schaute mich noch immer schweigend an. "Es geht wohl nicht anders. – Und ich glaube, sie heisst Ariadne." setzte ich hinzu. "Ich werde sie hüten." antwortete er schliesslich, nahm sie aus meiner ausgestreckten Hand, stand auf und ging, ohne sich nochmals umzuwenden, fort.

"Geben Sie Acht, all unsere Fäden sind sehr dünn!" rief ich ihm nach.

Neben mir auf der Bank lag das Buch, in dem sie gelesen hatte. Es war eines der wenigen Exemplare, die von Karl Viators *Encyclopedia angelorum* erhalten sind. – Und hatte ihr Gesicht nicht den Ausdruck eines jener Engel, die irrtümlich – also nach der Höheren Vorsehung – in unserer Welt gestrandet sind, hier die eigene Fremdheit spüren, aber nach göttlichem Verdikt nicht mehr wissen dürfen, woher sie kommen und wohin sie gehören?

Der kleinere Trost ist mir geblieben: Trotz meiner Inserate in den Zeitungen und der Meldung bei der Polizei kam weder die junge Frau noch sonst jemand, um das Buch von mir zurückzufordern.

Die Schrödingerschen Verlobten

Schrödingers Katze erfreut sich vielleicht nicht mehr bester Gesundheit, ihr Andenken aber ist höchst lebendig und ihr Schicksal wird nach wie vor vielfach diskutiert, wenngleich ihr Aufenthalt unbekannt und ihre Existenz wohl nur hypothetisch ist.

Anders verhält es sich mit den Schrödingerschen Verlobten: Existenz und Aufenthaltsort gelten als bestens gesichert. Ihre Geschichte aber wurde bisher nirgends erzählt. Das doch nahezu in allen Informationsfragen allwissende Google-Portal verzeichnet zum heutigen Datum unter der entsprechenden Abfrage keinen Eintrag.

Aber zu jedem Geheimnis existiert eine Geschichte, und selten korrespondiert die Schlichtheit ihrer Handlung mit der Komplexität der aufgeworfenen Fragen. So wie andererseits chaotische Lebensläufe den Hörer oder Leser oft ohne Erstaunen zurücklassen können: Wenn das alles im Einzelnen auch nicht abzusehen war, so kam doch nichts von all dem wirklich überraschend ...

Sie waren einander vor vielen Jahren zum ersten Mal begegnet. Nach wenigen Tagen fühlten und wussten sie sich einander verbunden mit einer Macht der Anziehung, die sonst nur zwischen komplementären Elementarpartikeln waltet. Darüber waren sie erschrocken wie jeder, der zum ersten Mal erfährt, wie aus den Fluktuationen des Vakuums Materie und Energie heraustreten. Aber ungeachtet ihrer Erschütterung erkannten sie sich – nach der alten Platonischen Seelen-Physik – als die beiden Teile nur einer Seele.

Aber bekanntlich existieren jene komplementären Elementarpartikel oft in getrennten Welten. Ihnen erging es nicht anders – getrennt und eingebunden in Familien, Lebenspläne und Selbstentwürfe. Daher zogen sie, trotz aller Anziehungskräfte, aneinander vorüber, wissend, weinend, aber zustimmend und ohne ein einziges Mal miteinander Hand in Hand im Park spazieren gegangen zu sein. Denn hätte nicht ihre blosse Berührung sie in reine Energie verwandelt? Ihre Welten erglühen und schmelzen lassen? Auf immer?

Bei einem ihrer vielen Abschiede hatten sie fast eine Grenze berührt, überschritten: Da hatten sie sich einander versprochen. – Für ihr nächstes Leben, wenn es ihnen denn gewährt werden sollte.

So also entglitten sie einander, forteilend auf ihren Lebensellipsen, unberührt, aber erwacht und fortan schwingend, wortlos in der Harmonie ihrer komplementären Resonanz. Nicht dass sie sich aus den Augen verloren hätten: Selten, aber immer wieder führten die verborgenen Kräfte ihrer Lebensbahnen sie in Sicht- und Sprechweite. Dann sahen sie sich, einer im anderen, und erzählten von ihren Welten, ihren Familien, der Arbeit, den Plänen und den Hoffnungen. In ihnen war jeder allein, ohne den anderen – auch dann noch als Jahre später er wieder ohne Familie lebte.

Bis sie ihm in einem Brief von der rätselhaften Krankheit erzählte, der in der Familie ihres Mannes seit mehreren Generationen jeder zweite nach jähem Beginn und kurzem Verlauf zum Opfer gefallen war.

Diese Nachricht stürzte ihn in ein langes Schweigen. Waren nicht plötzlich ihrer beiden Welten nur noch zur Hälfte wirklich und nur noch halb notwendig? Die zweite Hälfte war an das andere Leben gefallen, in dem sie einander verlobt waren. Andererseits waren Wirklichkeit und Notwendigkeit nicht quantifizierbar. Lebte er also gleichzeitig in diesem und dem anderen Leben? Waren sie beide zu Geschwistern der Schrödingerschen Katze geworden? Die Schrödingerschen Verlobten, nicht schwebend zwischen, sondern gleichzeitig in zwei verschiedenen Leben?

Als er begann, gezielt zu suchen, ob auch anderen ähnliche Doppelungsphänomene widerfahren seien, stellte er bald fest: Er war nicht allein mit seiner paradoxen Erfahrung und den verwirrenden Schlüssen, die er daraus über den Zustand der Welt ziehen zu müssen schien. Denn gab es ähnliche Vorstellungen nicht in der Physik, der Kosmologie, der Logik und den Erzählungen umsichtiger Autoren?

Schliesslich geriet er an ein Werk, das von seiner Autorin standhaft als Jugendverirrung verleugnet wird: *Unmögliche Welten / Unreal Worlds*, ein zweisprachiges Langgedicht in Hexametern. In diesen parallel, aber invers komponierten Symphonien aus kontrafaktischen Syllogismen wird der Leser in den deutschen Versen zu der Einsicht geführt, dass unsere Welt die einzig wirkliche, aber auch die einzig unmögliche sei, wo hingegen die englischen Hexameter erkennen lassen, dass die uns bekannte Welt nicht wirklich sein könne, aber doch die einzig mögliche sein müsse.

Aber so sehr auch die Schönheit der Verse seine Hoffnung stärkte und die Klarheit der Gedankenführung sein Erkennen schärfte – die Aporie zwischen der Unmöglichkeit des Wirklichen und der Irrealität des Notwendigen blieb unauflösbar.

Er gestand sich schliesslich ein, dass er keinen Weg aus seinem Schweigen finden könne, sollte er weiter nach ihm suchen. So entschloss er sich sein Schweigen zu brechen. Noch am selben Tag schrieb er:

Liebe N

Herzlichen Dank für Deinen Brief. Gern hätte ich Dir schon früher geantwortet und nicht erst nach zwei Jahren!
Aber sei unbesorgt: Ich bin gesund, neugierig wie früher und weiss auch noch zu lachen.
Zwar scheint es mir, seit Deinem Brief habe es ununterbrochen geregnet, aber das muss natürlich Unsinn sein.
Allen Fragen und Wolken der vergangenen Monate habe ich den Rücken gekehrt und will nun die Welt neu entdecken. Vielleicht sogar neu erfinden?
Es wäre eine solche Freude, Dich noch in diesem Jahr wiederzusehen! Als begegneten wir uns zum ersten Mal und hätten uns doch gerade am Tag zuvor noch besucht! Vielleicht gelingt es ja!

Immer, Dein P

So endet die Überlieferung von den Schrödingerschen Verlobten – ihre Geschichte aber, da niemals jemand nach ihr gefragt hat, wohl nicht.[74]

---

[74] Nachbemerkung d. Hrsg. Diese Erzählung setzt eine gewisse Vertrautheit mit einem Gedankenexperiment Erwin Schrödingers voraus: Die fiktive Schrödingersche Katze befindet sich in einem informationsdichten Kasten, in dem sie nicht nur mit allem Lebensnotwendigen versorgt ist, sondern auch mit einem instabilen Atom, das irgendwann zerfallen wird, einem Geigerzähler, der diesen Zerfall registrieren soll, und einer Giftphiole, die dann ihren Inhalt freisetzen und die Katze töten wird. Folgt man der klassischen Interpretation der Quantentheorie ist die Katze zugleich lebendig und tot, je mit einer gewissen Wahrscheinlichkeit und solange kein Beobachter vom Zustand innerhalb des Kastensystems explizit Kenntnis nimmt. Sie befindet sich in einem Zustand der *Superposition* der Zustände *Lebendig* und *Tot*. In neueren Überlegungen sorgt die *Dekohärenz* für die Auflösung von Superposition, hin zu jeweils einem der superponierten Zustände. Dies geschieht umso schneller, je mehr Masse das fragliche System in die Interaktion mit seiner Umgebung einbringt – und je wärmer es ist. Das Schicksal einer dicken Katze in einem warmen Kasten entscheidet sich also schneller als jenes einer abgemagerten bei niedriger Temperatur. Wir bezweifeln aber, dass ein Dekohärenzprinzip die Zustandssuperposition von N und P aufzulösen vermag – die entscheidenden Eigenschaften sind in diesem Fall ja eher mentaler und modallogischer Natur …
Zwei Details bleiben nachzutragen: Der Verlag der Lacrimonischen Akademie der Wissenschaften kündigt seit kurzem ein Werk an mit dem unmöglichem Titel *Eine Geschichte des Wolkenschiebens. Oder: Grundlegung der Transtheoretischen Physik*, als deren Autor P vermutet wird. – Und, soviel wir hören, hat N abermals ein gesundes Mädchen zur Welt gebracht.

Die Einmischung

Die Reihe vor Nathan war leer geblieben – das Konzert mit Barocksonaten für Bratsche und kleines Ensemble fand nur mässigen Zuspruch.

Kurz bevor die Türen geschlossen wurden, setzten sich ein sehr junger Mann und eine sehr junge Frau vor ihn, ein wenig verloren, als seien sie von den Wellen eines unberechenbaren Meeres an einen fremden Ort getragen worden. Sie schauten einander an, lasen gemeinsam das Konzertprogramm, sprachen dabei kaum miteinander, mit verhaltenem Atem. – Nathan versuchte, sie nicht anzusehen, ihnen nicht zuzuhören – er war doch der Kunst wegen gekommen.

Bald setzte die Musik ein, füllte den Raum, umhüllte ihn und das junge Paar vor ihm. Aber Nathan konnte nicht anders als wahrzunehmen, mit zu fühlen, wie der junge Mann seine Begleiterin immer wieder von der Seite ansah, wenn er sie in das Spiel der Musikanten versunken glaubte: Erwartungsvoll und doch mutlos, bis er seinen Blick zurückzog und zwischen den Lehnen seines Stuhls ein wenig schrumpfte, und nach vorn blickte, wo sich die Musiker um ihre Kunst mühten. – Dann lehnte sie sich im Stuhl zurück, schaute zur Seite, betrachtete sein Profil, verklärt und verzagt. Ihre Hände schienen unruhig zu werden, als sollten sie eine Entscheidung treffen. Aber sie zog sich zurück. – Ein Wechselspiel: Sich aufrichten an der Schwelle, hinüberblicken, ein wenig verweilen, verzagen, sich zurück nehmen, einsinken, sich verlieren. – Er und sie, im Wechsel.

Nathan wurde unruhig: Da geschah etwas Alltägliches – und war doch ungeheuer. Nathan spürte, dass er sich diesem Ungeheuer stellen müsse – und wusste doch nicht wie. Aber als dann die Musiker auf der Bühne begannen, eine Triosonate zu viert! vorzutragen, ergriff ihn blankes ontologisches Entsetzen: Vier, wo nur drei sein sollten. – Und waren nicht auch in der Lücke, die die beiden jungen Leute vor ihm ungeschlossen liessen, die dritten und vierten Personen zu erahnen, die dort keineswegs hingehörten! Nathan erinnerte sich und schauderte.

Dann fasst er einen einen Entschluss und hoffte, er könne damit der einfachen Ontologie dessen, was hier und jetzt der Fall war, zu einigem Recht verhelfen. Während auf der Bühne die Musik aufstieg und niedersank und vor ihm im Wechsel die Blicke sich hoffnungsvoll erhoben und verzagend nieder fielen, versuchte er sich zu beruhigen. Er wusste nun, was zu tun war. Wenn nur das Zittern enden wollte! Er atmete lang-sam und tief, betrachtete seine Hände, dachte an ihre eine, damals unterlassene, einfache Bewegung, und war bald wie-der ganz Herr seiner selbst. Sicherlich, es war ein Risiko: Aber bereut man nicht immer nur das, was man nicht getan hat?

Die Kadenz der Bratsche hiess ihn, sich zu konzentrieren und bereit zu halten. Noch einmal fielen die anderen Instru-mente ein, dann die Schlussakkorde. Applaus wallte auf – zi-vilisiert, aber laut genug. Nathan beugte sich über die Rückenlehnen der beiden vor ihm Sitzenden. "Erlauben Sie mir," sagte er leise, aber sehr klar, "ich glaube, so wäre es besser." Und damit nahm er die Linke der jungen Frau und die Rechte des jungen Mannes und legte sie ineinander. Die Beiden sahen sich an – überrascht und erleichtert. Den Frem-den hinter ihnen hatten sie nicht bemerkt. "Leben Sie recht wohl!" sagte er leise, etwas steif, und ging davon, um sich hinten im Saal einen leeren Platz zu suchen, von dem aus er die Beiden nicht mehr sehen konnte.

Ewigkeit

Wissen Sie, gut erzählen kann ich nicht. Darum lassen Sie mich berichten, was geschah. – Keine Angst, ich habe nichts Sensationelles zu enthüllen, nichts was Sie nicht eigentlich schon wüssten, denn – seien Sie ehrlich – mindestens den Anfang der Geschichte haben Sie selbst schon erlebt.

Also, es begann so. Eines Nachmittags stand er auf einem Bahnsteig und wartete auf seine Verbindung in die nächste Stadt. Da fuhr auf dem Gleis hinter ihm ein Zug ein. Immer ein wenig neugierig, drehte er sich um, suchte mit den Augen das Schild mit dem Zielort und wanderte dann über die Fens-ter des Zuges. Gerade vor ihm trat eine Frau in das Abteil, setzte sich auf einen Fensterplatz und blickt hinaus – ihm in die Augen. Und er –

Ich muss hier kurz unterbrechen – was dann geschah, kann ich nicht beschreiben, denn eigentlich geschah ja nichts – aber Sie kennen das doch, hoffe ich jedenfalls. Nicht wahr: Sie begegnen jemandem, merken, dass sich in Ihnen das Un-terste zu oberst kehrt, dass Sie plötzlich wissen: Sie haben gerade die Begegnung, auf die Sie immer gewartet haben – und dann fährt plötzlich der Zug weiter, oder das Taxi. Oder

Sie steigen in die Strassenbahn. Oder ... ach, Sie wissen schon ...

Kurz gesagt, genau so erging es ihm. Als ihr Zug anfuhr und den Bahnhof verliess, stand er erstarrt und schloss die Augen, um sich ihr Bild für immer einzuprägen. Dann fasste er den wichtigsten Entschluss seines Lebens: Er wollte sie finden.

Also suchte er: In seiner Stadt, wo sie in den Zug gestiegen war, dann in jener, deren Name als Ziel auf dem Zugschild gestanden hatte. Natürlich fand er die Frau nicht, nicht einmal einen dezenten Hinweis auf ihren Verbleib. Er lernte einen Menschen kennen, der nach Beschreibung charakeristische Gesichter zeichnen konnte. Aber als er diesem die Gesichtszüge der Gesuchten schilderte, entstand ein Bild, das plastisch und lebendig, aber trotzdem völlig irreführend war.

Er reiste weiter: Wohin fährt, fliegt oder verschifft man sich von der grossen Hafenstadt aus?

Er kam weit herum, sehr weit, Jahr um Jahr. Inzwischen hatte er selbst das Zeichnen gelernt, um seine Erinnerung an sie möglichst genau und lebensgetreu festzuhalten. Nie war er mit dem Bild ganz zufrieden, so dass er nach einigen Monaten wieder einen neuen Zeichenversuch unternahm. – Kein Bild glich dem vorigen, und mit dem ersten Bild hatten schon bald die späteren gar keine Ähnlichkeit mehr.

Unterwegs entdeckte er eine verborgene Fähigkeit an sich: Er konnte Wünsche lesen. Wenn ihm jemand im Flugzeug erzählte: Ich reise nach New York, um dort einen spannenden Job anzunehmen, so spürte er bald: In Wirklichkeit verlässt dieser Mensch Berlin, um eine Verlobte loszuwerden. Und bald konnte er gut davon leben, Mitreisende bei der Erfüllung ihrer, ihnen oft selbst unbekannten Wünsche mit Erfolg zu beraten.

Ihm selbst half das nicht – die Jahre vergingen, er reiste weiter und weiter. Schliesslich hatte er die Erde mehrmals in allen Richtungen umrundet. Und so viele Bilder von ihr gezeichnet, dass er nicht mehr wusste, welches seiner ersten Erinnerung an sie am nächsten kam. – Existierte sie überhaupt? Hatte er sich ihr Erscheinen, damals auf dem Bahnsteig, nicht nur eingebildet?

Irgendwann verliessen ihn die Kräfte. Er suchte sich ein kleines Hotel auf einer kleinen Insel mit angenehmstem Klima. Er schlief viel, wanderte, ass, las Bücher, von denen er noch nie gehört hatte. Schliesslich begann er selbst eines zu schreiben: *Tausend Orte, die Sie sehen müssen, bevor Sie verrückt werden oder zusammenbrechen.*

Als er eines Tages nach dem Essen Siesta hielt und nicht wusste, ob er nachdachte oder träumte, klopfte es sacht. Aber bevor er etwas sagen konnte, öffnete sich die Tür und – ja, Sie ahnen es schon: Sie trat ins Zimmer.

Er fand immer noch keine Worte. Aber das war in Ordnung, denn sie sagte mit einem Seufzer der Erleichterung: „Endlich habe ich Dich gefunden! Hier bist Du also! Ich habe Dich überall gesucht!"

2. Aus dem Testament des Alten Bibliothekars

Über Anfänge

Niemand kennt die Zahl der Anfänge der Welt.

Wenn zwei einander begegnen und fragen, wie ihre Begegnung begann, so antwortet der eine vielleicht: „Ich stieg herab von den Bergen und kam hierher" und der andere „Ich verliess eine Insel und überquerte das Meer, nun bin ich hier". Alsdann fragt der erste: „Wie gelangtest Du auf jene Insel?" und der zweite „Wie kamst Du in die Berge?" – Und wie stiegen die Inseln aus dem Meer und erhoben sich die Berge über die Ebenen?

Und weiter fragend, weben sie ein Netz von Anfängen und von Anfängen von Anfängen und von …

Bis sie zu den Grossen Legenden gelangen, den Legenden von den Ursprüngen aller Anfänge …

In diesen Geschichten wird berichtet, dass nichts gewesen sei – oder das Eine. Und aus dem Nichts oder dem Einen sei dann Alles geworden. Unter den Erzählern dieser Legenden finden sich Poeten – dann heissen das Nichts und das Eine der Grosse Tauchvogel, das Lama, das Erste Paar oder die Drei Sonnen.

Vom Ungeformt–Vollkommenen und dem Grossen Handwerker sprechen jene, welche die Bilder weniger lieben. Und alle, die für die Geheimnisse der Welt weder Sprache noch Ohr haben, denken sich das Nichts und das Eine als Grossen Knall oder aber als die Welt selbst – weil alles Seiende schon immer gewesen sei.

Die staunenden Liebhaber des Gewordenen aber schauen und sehen die Rätsel der allgegenwärtigen Anfänge und ihres Ursprungs und nennen sie, leise, Gott.

Wer immer aber den Dingen laut und lärmend Namen aufdrängt mit Gewalt, der ist im Verborgenen des Glaubens, die Welt habe keinen anderen Ursprung als – ihn selbst.

Solchen aber widerstehe, denn sie sind der Welt Ende ...

Über Asche

Niemand kennt die Zahl der Anfänge der Welt, so schrieb ich vor langer Zeit, an einem vergessenen Ort – aber vielleicht ist das Geheimnis noch grösser, vielleicht entströmt das Ganze der unendlichen Welt aus einer Quelle ...

Unter den unendlich vielen Bibliothekaren der Grossen Bibliothek gibt es die kleine, unbekannte Gruppe der Altgewordenen, den verbogenen Bund derer, die nicht mehr über unendliche Gänge und Treppen laufen, nicht mehr unendlich viele Bände sichten können um zu prüfen, ob sie in einer der bekannten Sprachen Sinnvolles enthielten ...

Sie, die Verborgenen, teilen ein Geheimnis – sie sammeln Asche. – Die Asche der verbrannten Dochte in den Lampen, die sich seit undenklichen Zeiten wie von selbst erneuern. Sie sammeln sie zu Zwecken, die sie verbergen müssen ...

Jene, welche die Weiten der Bibliothek durcheilen auf der Suche nach den Bänden mit verständlichen Worten und getrieben von den Sehnsucht nach den Büchern voll Sinn – sie sind verloren. – Wer eines von ihnen fände, müsste es verbergen, wollte er nicht alsbald von seinen Mitsuchern zu Tode gebracht werden. – Jene tragen keine Namen: Sie sind ALLE.

Anders aber die heimlich Ent-Eilten, die nicht mehr zu eilen vermögen, die schon zu lange wanderten und suchten. Sie, die einander nicht kennen, aber erkennen – am Faltenwurf ihrer weniger wehenden Gewänder, an den leise zögernden Schritten zwischen einem Regal und dem nächsten und – vor allem – an dem Glanz in den Augen und dem Lächeln, wenn niemand zu ihnen hinüber schaut – sie tragen den Namen, den sie sich selbst gaben und nie aussprachen.

Denn sie hatten die Asche. Und sie sammelten die Bücher, in denen sie nach langer Prüfung keine bekannte Sprache erkannt, keine Botschaft entdeckt und keinen Sinn geborgen hatten. – Sie besassen ein geheimes System, das es ihnen erlaubte, miteinander in Kontakt zu treten, Ideen, sinnlose

Bücher und Asche auszutauschen, obwohl sie sich nicht kannten, nie begegneten und einander nie zu erkennen gaben.

Dennoch blieben sie in der unendlichen grossen Gemeinde der Bibliothekare nicht verborgen, obwohl noch nie ein Lebender einen von ihnen getroffen, erkannt und von ihm gesprochen hatte. Die Verborgenen aber hiessen mit dem Namen, den sie sich unausgesprochen selbst gegeben hatten: Die Logotheten.

In der Grossen Bibliothek aber gab es keine grössere Ketzerei als diesen Namen. Wann immer zwei Bibliothekare sich begegneten und ein mit Asche gezeichnetes Buch fanden, so wussten sie: Einer der Logotheten hatte hier verweilt, ein Buch genommen, geprüft und es dann mit seinen Aschezeichen versehen. Und sie, die dieses Buch gefunden hatten, wussten, dass sie zu den Logozeten gehörten. Und erkannten ihre Verzweiflung – um darüber zu schweigen und wie beiläufig das gefundene Buch mitzunehmen, über andere Bücher zu reden. Und jeder versuchte, das Buch an sich zu bringen, um alsbald, nach dem Abschied vom dem Kollegen, der irgendwann in anderer Richtung weiterziehen würde, das Buch zu studieren, die Aschezeichen zu betrachten und zu erkennen, wozu sie gesetzt seien.

Im Laufe der Jahrtausende hatte niemand je einen der Logotheten gesehen und keiner sich selbst laut einen Logozeten genannt. Niemand hätte den Schrecken überstanden, denn das Eingeständnis, nicht nach Büchern zu suchen, in denen sich lesbare Wörter, Sätze, Seiten fanden, sondern nach den Zeichen, die von menschlicher Hand neu geschrieben worden waren – es hätte bedeutet, die Existenz der Sinnschaffenden, der Sinn-Setzenden, einzugestehen.

Ich aber, nachdem ich alt geworden bin, Tausende von Kammern der Grossen Bibliothek durchwandert und erforscht, Zehntausende von Büchern entdeckt, in denen seit Anfang der nicht verrinnenden Zeit noch niemand einen Sinn gefunden, aber noch kein einziges der Verheissenen – nun also will ich hier, in dieser Kammer, dem vielleicht letzten von mir betretenen Sechseck, zu Papier bringen, was ich hörte, ahnte, sah und tat.

Auch ich sammelte Asche ...

Auch ich fand ihre Spuren ...

Die Welt als Name Gottes

Es gibt eine alte Überlieferung, dass ein Name, damit er wahrhaft zu benennen vermöge, Wesen und Bedeutung des Bezeichneten in seinem Wortklange und seiner inneren Architektur wiedergeben oder doch zumindest spiegeln müsse. Unter den Bezeichneten aber seien nun einige von solch grosser Schönheit, Bedeutung, Grösse und Komplexität, dass es nicht mehr möglich sei, mit den beschränkten Mitteln menschlicher Sprache Namen zu finden, die noch wahrhaft auf sie zu verweisen vermöchten. Dann könnten solche Namen aber nicht genannt, sondern nur ihre notwendige Beschaffenheit bedacht werden. In einem weiteren Schritte müsse man dann in der Welt jene Dinge und ihre besonderen Verhältnisse suchen, die gemeinsam den geforderten Eigenschaften des vermissten Namens entsprächen, so dass sie miteinander diesen Namen ersetzen und so als Name des Namens dienen könnten – so wie ein Anagramm als Zeichen für einen verborgenen Namen.

Die älteste dieser Überlieferungen aber lehrt, die Welt sei nichts anderes als das Anagramm des einen – oder auch: der vielen – Namen Gottes.

3. Das Buch der Träume

Sein Traum

Soviel stand fest – daran konnte es keinen Zweifel geben: Alles hätte ganz anders kommen können. Ohnehin hatte sich ja nichts zugetragen, wie erhofft oder auch nur erwartet.

Aber trotzdem: Es hätte alles auch ganz anders verlaufen können. Er nannte dies das *Paradox des Doppelt-Anderen* – denn nichts schien so zu geschehen, wie nach der Ordnung der Dinge vorgesehen, und hätte trotzdem sich noch ganz anders ereignen können.

Eines Nachts stieg er mit einer Gruppe von Wanderern nordwärts auf einen Hügel. Von seiner Höhe sahen sie in der ersten Morgendämmerung in ein grünes, weites Tal, menschenleer, offen und erwartungsvoll wie am Tage nach der Schöpfung. Dann kamen die Tiere: Löwen, Schwalben, Eichhörnchen, Adler, Lerchen, Nashörner, ein Chamäleon, Rehe, Hirsche, unsichtbar die Nachtigallen – und immer so fort.

Und mit jeder Spezies, die vorüberzog, lief durch die Schar der Zuschauenden ein leises Raunen: Denn immer hatte einer gesehen: Dieses Tier zieht für mich hier vorüber – als seien sie nicht Bewohner der grünenden Erde, sondern individuelle Deuter der Welt.

Es wurde ruhig – der Zug der Tiere hatte ausgesetzt. Bis von Osten her ein doppelter Ton erklang, als sängen zwei in tiefer Lage ein Duett. Nicht lange und es tänzelte in das Tal hinein ein Brontosaurier, der – anders als seine evolutionsgeschichtlich überlieferten Verwandten – über zwei beachtlich lange Hälse verfügte, auf denen je einer der für die Spezies charakteristischen Köpfe sass. Die beiden schauten neugierig um sich, nutzen die Freiheit ihrer Hälse und Köpfe, um alles im Blick zu halten und zu erschauen. Wiegend, aber zügig durchquerte er das Tal, die beiden Köpfe immer in Bewegung, nach rechts und nach links, nach vorn und nach hinten schauend – gelegentlich sich in die Augen blickend und dann in einem neuen Ton weiter singend … und weiter eilend …

Als der Doppelköpfige das Tal verlassen hatte, herrschte Stille, ein wenig länger als man den Atem anhalten kann. Dann kamen die Büffel – eine Herde, die wie die Donner des grossen Gewitters durch das Tal zog.

Denn war es nicht so, dass alles hätte ganz anders kommen können? – Oder gar mehrfach, zumindest doppelt – je ein Gang der Ereignisse in jede der Richtungen, in die wir Vielgesichtigen zugleich blicken können … und voller Leben, in gewaltigem Galopp … ?

Ihr Traum

Sie erwachte im Dunkeln, das sich noch verdichtete, als sie die Augen öffnete. Sie lauschte in die Stille hinein – kein Laut, kein Geräusch drang zu ihr. Schliesslich hörte sie ihr Herz schlagen. Sie atmete behutsam, liess wechselnd die Luft sacht über die Zunge, dann durch die Nase strömen – aber sie trug keinen Duft, keinen Geschmack. Sie sammelte sich, um einen Gedanken zu fassen: Ich bin Eva. Sie versuchte sich an einem zweiten – vergebens. Dann hob sie die Hände zum Gesicht, legte sie an ihre Wangen. So konnte den sachten Druck auf der Haut spüren, aber nicht die Wärme des Körpers. Wann erwache ich endlich aus diesem Traum? –

Aber sie wusste, dass sie nie geträumt hatte – nicht im Schlaf, der ihr immer schwarz und bilderlos erschien, und nie im Wachen, das immer von wohlüberlegten Plänen und erreichbaren Zielen geleitet war. Aber doch war ihr zweifach das Unerwartete und Ungeplante begegnet – eine grosse unerfüllte Liebe, eine kurze Zeit voller Sehnsucht und Poesie, und der jähe Tod eines nahen Menschen. Sie hatte beide Abirrungen des Lebens von der geraden Bahn des Gewollten und Vorbereiteten mit einem Netz kluger Pläne und realistischer Entscheidungen eingefangen und gezähmt, hatte sich bald wieder verheiratet – und nach einigen Jahren konnte sie auf älteren Fotografien ihre beiden Ehemänner nicht mehr voneinander unterscheiden.

Daher wusste sie: Dies hier war kein Traum – denn nie hatte sie geträumt. Sie streckte einen Arm in die Luft, dann ein Bein – sie schwebten über ihr, schwerelos, das Gewicht nicht spürbar.

Sie brach in Schweiss aus, und übermannt vom Schrecken fiel sie in die Tiefe des Schlafes.

Als sie wieder erwachte, schien die Sonne durch das Fenster, die Vögel sangen und aus dem gepflegten Garten dufteten die Fliederbüsche herauf. An ihren Traum konnte sie sich nicht erinnern.

Der Flug

Er durchstreift einen Wald, weiss nicht, woher er kommt, wohin er geht, spürt ein Ziel, ohne Ort, weiss keine Wege, bewegt sich unruhig, in Eile.

Dann tritt er unversehens auf eine grosse Lichtung; darauf steht ein stattliches Haus, manche Nebengebäude. – Menschenstimmen tönen, aber niemand ist zu sehen. Er nähert sich vorsichtig, will niemandem begegnen, der ihn aufhielte.

Verborgen hinter dem Haus überfliegt sein Blick eine Festgesellschaft und in ihrer Mitte plötzlich: Sie. – Die ihm lange bekannt ist und der er doch noch nie zuvor begegnete.

Er verspürt eine plötzliche Schwäche, eine jähe Übelkeit, tritt zurück in den Schatten des Hauses. – Nicht jetzt ist die Zeit für eine solche Begegnung. Das Unwiederbringliche ist nicht bedeutsamer als das Notwendige ...

Plötzlich erinnert er sich: An das vergessene Lied und die Fertigkeit des Fliegens – sich schlank machen, die Arme an den Körper pressen, Fäuste ballen, sich empor denken ...

Es wirkt, wie früher …

Das Haus erscheint zusehends kleiner, die Menschen von oben wie Käfer. – Noch ein wenig mehr Höhe und dann ist er unkenntlich verborgen in den Wolken …

Ein Blick zurück – dort: Eine Gestalt gewinnt an Grösse, folgt ihm sicher und schnell.

Dann auf gleicher Höhe mit ihm – ihre ausgestreckten Hände, ihr Blick Auge in Auge, die Tränen – seine und ihre, das Lachen, die Berührung.

Aus der Höhe (wie von später herüber) erklingen leise Kinderstimmen.

4. Das Buch Memento

Es enthält zurzeit keinen Text, vergleiche oben die Anmerkung in der Einleitung zu den *excerpta*.

6 Zur Poesie

Über lacrimonische Poesie
Ein Nachwort anstelle eines Vorwortes[75]

Von J. Ernst Remit

Ganz Lacrimonien, mit allen drei Provinzen, gilt heute als eines der heitersten, ja der glücklichsten Länder dieser Erde, nicht nur in Hinsicht auf seine berückenden Landschaften, sondern – und mehr noch – auch im Blick auf die Menschen, die in ihnen ihre Heimat gefunden haben, sich von ihnen nähren und an ihnen erfreuen.

Aber es ist eine wenig bekannte Tatsache, dass diese Heiterkeit den Lacrimoniern keinesfalls als das Geschenk einer freundlicher Natur zugefallen ist, sondern im Lauf einer langen, auch schmerzlichen Geschichte erarbeitet und errungen wurde, und es steter Obhut und aufmerksamer Pflege bedarf, um sie lebendig und blühend zu erhalten.

Unter den Lacrimoniern, die dieses Land des *leiseren Lächelns* und des *leichteren Wortes* bewohnen, ist der Ursprungsmythos lebendig, der Kosmos sei aus den Tränen des Urvogels entstanden, die sich entzündeten zum ersten, grossen, welterschaffenden Tränenbrand.

So weinen auch heutigen Tages die Lacrimonier noch mit leiserem Lächeln bei manchen ihrer leichteren Worte eine verborgene Träne – im Andenken an den Urvogel, aus dessen Vergehen die Welt und alle Kreatur hervorging.

Der Leser wird erkannt haben, dass es uns nicht möglich war, den Worten dieser Gedichte mit einem Vorwort zuvor zu kommen. Aber auch in den Nachgedanken wollen wir nicht über Sempers Worte hinausgehen, sondern dem Leser einige lacrimonische propria und Umstände dieser Veröffentlichung mitteilen.

Bekanntlich erhält niemand bei Geburt lacrimonisches Bürgerrecht, weder durch Abstammung, noch nach dem Territorialprinzip. Zum Lacrimonier wird nur der Einzelne durch eine

---

[75] Aus Semper, P. *die sinne des lebens. gedichte.* Mit einem Nachwort *Über lacarimonische Poesie* von J. Ernst Remit. (Die Sinne des Lebens – Schriften der Lacrimonischen Akademie der Wissenschaften, Bd. 1.) Norderstedt, 2013; pp. 155–159.

Geschichte von Aufbrüchen, langen Wegen, Tränen und – irgendwann – der Entdeckung des leiseren Lächelns, die auch der Weg der lacrimonischen Historie als ganzer war und noch ist. So gilt, dass die Ontogenese des Einzelnen die lacrimonische Phylogenese wiederholt, ja, wiederholen muss. Es führt kein anderer Weg nach Lacrimonien ...

Die hier vorgelegten Semperschen Gedichte spiegeln in eigener, zuweilen eigenwilliger Perspektive die prägenden Erfahrungen lacrimonischen Werdens und Seins. In der Sprache dieser Poesie leuchten, Aquarellen gleich, Innenansichten unserer Existenz auf. So sind sie zur Stimme des modernen lacrimonischen Menschen geworden, wenn es darum geht, von jenen ersten und letzten Dingen nicht zu schweigen, von denen man doch nie angemessen zu reden vermag.

All das ist Grund genug, dass die Lacrimonische Akademie der Wissenschaften und der schönen Künste ihre Reihe von Veröffentlichungen, die – wie dieser erste Band selbst – unter dem Titel und Motto *Die Sinne des Lebens* steht, mit den gesammelten Gedichten P. Sempers beginnen lässt. Dies mag die Frage aufwerfen, ob denn eine Akademie der Wissenschaften Originaltexte der Poesie als Erstveröffentlichung betreuen dürfe. Aber, abgesehen von der besonderen Bedeutung dieser Lyrik in unserem Lande, ist überliefert, eine frühere Fassung dieser Sammlung habe Semper selbst veranstaltet und *Studien über die Sagbarkeit des Unsagbaren* genannt.[76] Dann aber können und sollen diese Gedichte nicht nur als Poesie, sondern auch als ein Beitrag zur explorativen und sprachexperimentellen Ontologie, Philosophie und Psychologie gelesen werden.

Die lacrimonischen Leserinnen und Leser wird dies nicht erstaunen, weiss man hierzulande doch schon lange, dass alle Poesie sich am Unmöglichen versuchen muss.

Andere Fragen unserer ausländischen Leser werden sicherlich den Titel der Reihe treffen, in der dieses Bändchen erscheint: *Die Sinne des Lebens*. – Sinn? – Sinne des Lebens? – Gar noch im Plural! – Ist das nicht gänzlich unzeitgemäss? – Gar juvenil? – Für den aufgeklärten Menschen abgeschmackt?

Diese Fragen zu beantworten, kann hier nicht der Ort sein. Wohl aber dürfen wir sagen, dass sie in Lacrimonien in leichter und leiser Heiterkeit im Alltag gegenwärtig sind.

---

[76] Vielleicht handelt es sich bei dieser Überlieferung nur um eine der *urban legends*, über die natürlich auch Lacrimonien verfügt. – Aber wäre sie dann nicht umso wahrer?

Eine solche Auskunft ist natürlich höchst unbefriedigend, aber zur leisen Leichtigkeit gehört die heitere Geduld: Und so verweisen wir den ungeduldig-geduldigen Leser an dieser Stelle auf einen späteren Band der *Sinne des Lebens*, der mit dem Arbeitstitel *Reden über Sinn an die Gebildeten unter seinen Verächtern* bereits projektiert ist.

Aber kehren wir zu Pelegrin Semper zurück. Trotz seiner Bedeutung für die hiesige Poesie ist über sein Leben wenig überliefert. Er gilt als einer der grossen Wanderer, der manche Lebenswelt durchquerte, doch nirgends zur Ruhe kam – bis er nach Lacrimonien gelangte, wo er, wie die Quellen bezeugen, seine Gedichte niederschrieb. Ob er hier eine dauerhafte Heimat fand, ist bereits wieder unbekannt – denn seit der Vollendung seiner letzten Gedichtfolge, der *kosmogonie*, verliert sich jede Nachricht über ihn.

Es gibt Hinweise darauf, dass er als letzter von Drillingsbrüdern geboren, wenige Wochen später aber von den Geschwistern und Eltern getrennt wurde. Aufgewachsen an unbekanntem Ort und erzogen vermutlich von Wandermönchen, erhielt er eine Ausbildung als Physiker und hat später über theoretisch-physikalische Fragen gearbeitet und veröffentlicht. Auf ein poetisches Anliegen weist keines der frühen Zeugnisse hin. Erst nach seiner Ankunft in Lacrimonien werden die Gedichte bekannt und rufen das oben geschilderte Echo hervor.

Aber sind nicht die Gegensätze zwischen der Sprache der Poesie und jener der Mathematik, der sich die Naturwissenschaften bedienen, weitaus geringer, als allgemein ausserhalb Lacrimoniens vermutet wird? – Doch auch andernorts ahnt, weiss man Richtiges. So fand ich vor vielen Jahren als Motto über einer linguistischen Untersuchung eine Passage aus dem Roman eines englischen Autors der 1930er Jahre, den Semper nachweislich schon als Student gut gekannt hat:

> It was not possible for man to know himself and the world, except first after some mode of knowledge, some art of discovery. The most perfect, since the most intimate and intelligent, art was pure love. The approach by love was the approach to fact; to love anything but fact was not love. Love was even more mathematical than poetry; it was the pure mathematics of the spirit.
>
> Charles Williams, *Descent into Hell*

In der Trias *Poesie – Mathematik – Liebe* liegt einer der Schlüssel zur Semperschen Poesie, umso mehr, als er anscheinend in dem frühen, leider verschollenen Aufsatz *Poetry as a Formal Language. Intensional Logic, the Semantics of Metaphor & Fiction and the Mathematical Theory of Love* explizit diesen Fragen nachgegangen ist.

Seit der *kosmogonie* ist die lyrische Stimme Sempers verstummt – werden wir abermals Zeugen eines erneuten Aufbruchs?

Vielleicht führt er ihn ja zu jenen Gedichten, von denen Hilde Domin – nachdenkend darüber, welches die schöneren Dinge des Lebens seien – sagte:

> Und sind schöner die Gedichte
> die ich nicht schreiben werde.

J. Ernst Remit
Kalopont, Lacrimonien
Am Johannistag 2013

1.

schweigen blind

es weint in mir
so lang ich fühlen kann
ich weiss nicht wer da weint
bin ich es ist´s ein anderer
einer der nie war
ich weiss es nicht
es weint

es weint in mir
bin ich es
oder bist es du in mir
ich weiss es nicht
ich fühl' es nicht
kannst du's
es weint

es weint in mir
und niemand weiss woher
gleissendes licht
verbirgt der tränen
erstes auge
oder tiefste
nacht

es weint
worüber
nie gewesen –
verloren –
wird nicht –
das andere
das fremdeste

das schweigen

blind

graben

niemand wird uns retten
aus der nacht der grosse vogel
starb schon längst uns
sind die hände wund von
arbeit und von tränen die
augen flügel aber wuchsen
uns nie

unsere arbeit ist gänge
zu graben aus den
labyrinthen zu entkommen zu
suchen licht muss
sein irgendwo muss licht
sein woher sonst diese
sehnsucht

vielleicht ja tief in den eigenen
gebirgen wer faltete ihnen den
undurchdringlichen fast
den granit nicht weiter fragen ge-
graben muss sein mit blossen
händen dem licht entgegen und dem
tod

später wird zeit sein und
raum um auszuruhen licht
jahre raum voll leben das uns
entging ins bloss mögliche neue
ins tief im gebirge er-
grabene aus dem stein geschälte aber
verloren

solange die hände noch bluten
können weitergraben bis in das
innerste der erde den mittel-
punkt dort dreht sich dröhnend die
achse der wirrnis und der ver-
wüstung halte sie auf wirf den
stein

sinnende – sinn-ende

die
sinnenden
gelangen mit
bangem
verlangen in
langen
veschlungenen
gedanken ins
wanken mit
blankem
entsetzen zu
rankeren
sätzen
verletzen
zerfetzen
hetzen
zu den
beginnenden
zerrinnenden

den
    sinn
        enden

Beilage: Interview mit P. Semper[77]

Franny Baltz (FB): Lieber Herr Semper – herzlichen Dank, dass Sie sich Zeit genommen haben für ein Interview. Wenn Sie erlauben – ich habe einige Fragen mitgebracht.

Pelegrin Semper (PS): Ich bedanke mich für die Einladung, mit der ich hier zuhause begrüsst werde, kaum dass ich wieder einmal nach Lacrimonien komme. – Aber ehe wir uns in das Frage-Antwort-Spiel stürzen: Sind Sie nicht jüngst auch in die LAW aufgenommen worden?

FB: Ja, das stimmt.

PS: Sie sind aber – verglichen mit anderen Anwesenden – doch recht jung. Womit haben Sie denn die Aufmerksamkeit der Akademie geweckt, dass man dort beschloss, Sie trotz Ihrer jugendlichen Jahre in unsere Reihen zu locken?

FB: Also, ich dachte, ich sollte Sie interviewen.

PS: Jetzt bin ich aber enttäuscht!

FB: Pardon – warum denn das?

PS: Ich dachte, Sie wollten ein Gespräch mit mir führen – und jetzt erfahre ich, dass man das von Ihnen verlangt hat!

FB: Nein natürlich nicht! (PS: Was nicht?) – Also, niemand hat etwas von mir verlangt. Vielmehr habe ich Johannes gesagt, als bekannt wurde, Sie kämen wieder einmal nach L und die LAW hätte gern ein Interview mit Ihnen, dass ich mich freuen würde, Sie kennen zu lernen und das Gespräch zu führen.

PS: Ah, das klingt viel besser. – Aber es kann trotzdem mindestens zweierlei nicht bedeuten.

FB: Und zwar?

PS: Nämlich erstens, dass Sie keine Fragen beantworten und zweitens, dass Sie mich siezen.

FB: Oh, ich bin flexibel. – Also, auf zwei Fragen, zu denen Sie etwas Verständliches sagen, werde ich Ihnen auf eine Frage antworten. – Und zum Du: Ich kenne alle Ihre

---

[77] Anlässlich des Erscheinens des ersten Bandes der Schriften der Lacrimonischen Akademie der Wissenschaften, des Gedichtbandes *die sinne des lebens,* stellte sich der Autor, P. Semper, zu unserer grossen Überraschung für ein Interview zur Verfügung. Das Gespräch führte unsere jüngste LAW-Kollegin, Franny Baltz, in Alethopolis.

Gedichte und Ihre Geschichte, soweit sie bekannt ist. – Was aber wissen Sie von mir?

PS: Wollen Sie jetzt erklären, dass Sie sich das Du verdient hätten, ich aber Ihnen gegenüber noch nicht? – Halt, antworten Sie nicht. – Ich muss mir ja jede Frage an Sie mit zwei Antworten verdienen. Da spare ich meine Fragen doch lieber für Wichtigeres. – Also, was weiss ich von Ihnen: Ich kenne Ihre Dissertation, habe schon Ihr Bild gesehen und Dorothea über Sie ausgefragt – naja, eigentlich nur, was DUE von Ihrer Diss hält und ob sie meint, Ihre Persönlichkeit könne mit Ihrem Intellekt mithalten. – Kann es sein, dass wir von Thema abkommen? Übrigens nennen mich meine Freunde *Peter*.

FB: (Nach 5 Sekunden[78]) Ich dachte, Du heisst *Pelegrin*?

PS: Ich bin entzückt, Franny. – Ja, *Pelegrin*. Aber da ich anscheinend nicht nur so heisse – Du weisst ja, was man über mein Leben so erzählt – ist *Pelegrin* für unterwegs zuviel Gepäck, *Peter* ist da gerade richtig. Erstens kürzer, und zweitens lieber ein harter Brocken sein als einer, der nicht weiss, wo er hingehört. – Und schliesslich gibt es, gab es in der Akademie auch einmal einen Hans und einen Franz, die beide ganz anders hiessen – auch wenn das heute niemand mehr weiss. – Nein, ich beantworte nur Fragen zu meiner Person, aber keine, die andere Personen betreffen.

FB: Kannst Du Gedanken lesen?

PS: Nein, andere Weisheit besitze ich nicht, als zu sehen das Offensichtliche.

FB: Das stammt …

PS: Genau … – Eigentlich wolltest Du für ein Interview ein Gespräch mit mir führen wollen.

FB: Mit einem epistemischen und einem volitiven *wollen* …

PS: Genau. – Also nur Mut.

FB: Also, Peter – (PS: Hervorragend!) kannst Du etwas darüber erzählen, was es für Dich bedeutet, dass die LAW Deine Gedichte als den ersten Band ihrer Schriftenreihe veröffentlicht hat, nun auch ausserhalb Lacrimoniens?

PS: Ich habe mich sehr gefreut, war aber auch gründlich überrascht. Was Johannes da in seinem Nachwort zu den Gedichten sagt, hat er in unseren Gesprächen nie auch nur an-

---

[78]   Anm. FB. – Vielleicht waren es auch nur 2.

gedeutet. – Und als Autor fehlt einem – mir zumindest – jener Abstand, der nötig ist um dergleichen in Texten zu sehen, was Johannes in den Gedichten entdeckt hat. Der Autor kennt seine Texte von innen, aber er überblickt sie nicht wirklich. Darum bin ich der LAW und vor allem Johannes sehr dankbar. –

FB: Und – hat Johannes mit seiner Vermutung recht, dass Du jetzt bei den Dominschen Gedichten angelangt seist, den schöneren, die ungeschrieben bleiben?

PS: Nein, leider nicht – es haben mich vielmehr die Gedichte verlassen – nun ja, nicht gänzlich. Aber sie haben sich rar gemacht, und die, die mich noch besuchen, sprechen andere Sprachen als die früheren. Aber so schön wie die ungeschriebenen sind sie nicht – vielleicht nicht einmal so gelungen wie die früheren.

FB: Unabhängig davon, dass die Frage oft genug gestellt wird – darf man eigentlich einen Lyriker fragen, wie seine Gedichte entstehen, welche Art von Prozess da vor sich geht?

PS: Wenn der Lyriker ein netter Mensch ist, darf man – aber man darf sich davon nichts versprechen. – Denn: Natürlich kann man Gedichte machen, wie man Weihnachtskekse bäckt – nach Rezept. Zum Glück mag ich keine Weihnachtsplätzchen, höchstens die Spitzbuben!

FB: Kennt man die auch in Lacrimonien?

PS: Psst, nicht vom Thema abkommen. – Also sind die Nichtkeksgedichte die interessanten. Aber auch sie entstehen auf durchaus unterschiedliche Weise.

FB: Kannst Du einmal zwei Beispiele aus Deinen Gedichten für einen solchen Unterschied geben?

PS: Ja, da sind z.B. die Überfall-Gedichte und die Fuchs-Gedichte. Die ersten, wie Du vermuten kannst, entstehen in einer Art Überfall. *schwester tod* gehört zu ihnen. Ich hatte ein Gedicht von C. Pavese gelesen – im Motto von *schwester tod* ist es erwähnt – und wenige Stunden später, in der Strassenbahn, entstand dann in einem Zug mein Gedicht, es kam abrupt, ich musste mich beeilen, es zu notieren, sonst hätte es mich nur vor den Kopf gestossen und wäre dann weitergezogen. Will sagen – ich hätte es später vielleicht nicht mehr im richtigen Ton erinnern können. Natürlich habe ich dann noch lange und immer wieder am Text gefeilt, ihn verändert. Dass ein Gedicht sich mir fast fertig aufdrängt – damals zumindest – und ich dann noch länger an ihm arbeite, das schliesst einander ja nicht aus. Ich weiss immer, dass auch das überarbeitete Gedicht dasselbe ist, das anfangs zu mir kam – und so respektiere ich es auch, durch die Überarbeitungen hindurch.

FB: Und was hat es nun mit den Fuchs-Gedichten auf sich?

PS: Sie ähneln alle dem Fuchs aus Saint-Exupérys *Kleinem Prinzen*. Sie zeigen sich, anfangs zurückhaltend, ohne klare Kontur, geben nur leise Zeichen: Hier bin ich. – Das kann geschehen, indem sich plötzlich ein Bild, eine Zeile, ein merkwürdiges, neugebildetes Wort einstellt als eine Anfrage: Da rührt sich etwas, das will langsam gelockt, entdeckt, erkundet werden, gezähmt, wie des kleinen Prinzen Fuchs. Diese Zähmung besteht ja nicht in einer Dressur, sondern einem langsamen Vertrautwerden – etwas Ungesagtes, bisher Unsagbares regt sich sacht, deutet an, dass es ja vielleicht doch sich sagen liesse, zumindest gesagt werden möchte. Wenn nur jemand sich die Zeit nähme, es zu entdecken. Und bereit wäre, sich zu öffnen, so dass das zu Sagende verschmelzen könne mit dem Konkret-Sagbaren, das meist erst noch gesucht und gefunden werden muss. – Wenn der Kleine Prinz den Fuchs zähmt, verändern sich ja beide. – So war es bei der *kosmogonie*. Anfangs war da nur das Bild des Urvogels – ich hatte wohl gelesen, dass es Ursprungsmythen gibt, in deren Zentrum ein Vogel steht. Diese Geschichten selbst habe ich mir gar nicht angeschaut – denn schnell lagerten sich die Bildelemente an, mit denen er jetzt verbunden ist: Die Weite und Leere, der unendliche Flug, also in etwa Teil I. Aber ich konnte spüren – da gäbe es noch mehr zu sagen. Also habe ich ihn lange mit mir umhergetragen; mich auf Parkbänke, an See- und Flussufer gesetzt, auf Hügel mit weitem Rundblick – und gelauscht: Beginnt er zu sprechen, zu singen? Dem, was dann vernehmbar wurde – oder auch nur zu erahnen – habe ich Worte hingehalten, Sätze, versuchsweise, dann das eine oder andere notiert. Und es beim nächsten Mal an den nächsten Ort des Hörens in die nächste Zeit der Stille wieder mitgebracht. Gibt es heute wieder etwas zu hören? – Wenn ich die schon vorhandenen Worte und Sätze leise spreche – folgt ihnen etwas, das mehr ist als nur ein akustisches Echo? – So ist die *kosmogonie* entstanden – man beachte: sie ist dabei das Subjekt – über mehr als zwei Jahre hin. Hat langsam Kontur angenommen, sich gezeigt – ist zahm geworden. Wir beide haben uns dabei verändert. – Inzwischen weiss ich bei den meisten Gedichten nicht mehr, zu welchem Entstehungstyp sie gehören. Es ist aber auch nicht mehr wichtig. Irgendwann ist ein Text, auch ein Gedicht, wenn er die Krankheiten der Kinderzeit übersteht, so erwachsen, dass er ist, was er ist, und sagt, was er sagt – nicht mehr ein Gebilde, dass jemand einmal geschrieben hat, um damit etwas mitzuteilen. Längerlebige Texte scheiden die Biographie ihrer Verfasser wieder aus. Oder besser noch: Sie suchen sich einen Autor, der gut zu ihnen passt. Das scheint mir die beste Lösung zu sein. – Aber auch, wenn der Ursprungsautor damit rechnen muss, dass seine Texte irgendwann erwachsen und ihn verlassen werden, darf er sich nicht an sie klammern, sich ihnen nicht, gerade in der Phase ihrer Entstehung, ausliefern. Denn, was immer auch ein Text letztendlich einmal sagen wird – am Anfang ist es sein Autor, der sprechen, dem werdenden Text seine Stimme und Sprache leihen muss – in eigener Verantwortung. Kreativität ist eine Tatsache, wohl ein Geheimnis, aber niemals eine Ausrede.

FB [nach einigen Sekunden]: Waren jetzt leise Anklänge an Genie-Vorstellungen der Sturm–und–Drang–Zeit oder der Romantik zu hören?

PS [ebenfalls nach einigen Sekunden]: Eine kurze Rück- und Zwischenfrage: Hast Du diese Anklänge denn gehört?

FB: Ja – doch …

PS: Dann waren sie auch zu hören – keiner, der spricht, darf dem Hörer vorschreiben, was dieser dann gehört zu haben glaubt. – Aber diese Töne hätten nicht mitschwingen sollen – vermutlich hat sich da die innere *lingua limbica* gegen die *lingua rationis* durchgesetzt – das Erleben gegen das Verstehen … – Also, Gedichte: Dahinter kein inspiriertes Genie, das sich aus sich selbst Formen und Gesetze schöpft. – Sondern ein normaler Mensch, einer der sieht und hört, aber der sehend und hörend eine Begegnung hat mit etwas, dass sich nicht darstellen, nicht zur Sprache bringen lässt – jedenfalls nicht mit den vorhandenen Mitteln. Und der dann auf die Suche geht – nach Ideen, Techniken, einem neuen Verstehenszusammenhang: Vielleicht geht es ja doch – ein Bild, ein Satz, ein Gedicht, was auch immer … – Ich denke da nicht an die Genie-Tradition, sondern eher an Levinas und Derrida auf der Suche nach dem *ganz Anderen*.

[Es entsteht eine kleine Pause.]

PS: Franny – bist Du noch da? – Müsstest Du mir jetzt nicht die nächste Frage stellen?

FB: Ja, sicher. – Aber vielleicht hast Du mich aus dem Konzept gebracht.

PS: Das ist doch gut – dann stelle ich nämlich Dir einmal eine Frage, wenn Du einverstanden bist.

FB: Das wäre vielleicht besser als meine nächste Frage – auf dem Zettel steht nämlich [liest]: Herr Semper, können Sie uns sagen, wie Sie die Zeit verbracht haben, seitdem Sie in Lacrimonien als verschollen gelten?

PS: Das wäre tatsächlich eine unsinnige Fortsetzung unseres Gesprächs – zumindest jetzt. – Meine Frage bleibt viel näher am Thema: Hast Du ein Lieblingsgericht?

FB: Wie bitte? – Was hat das mit Lyrik zu tun?

PS: Oh, eine Menge. Ein guter Teil der Endfassungen der Gedichte sind in Restaurants entstanden – und für die Inspiration ist es schädlich, nicht zu wissen, was man gerade mag. – Also: Ein Lieblingsgericht?

FB: Darf ich ehrlich sein? Die Antwort hat zwei Teile und klingt etwas absurd.

PS: Nein, doch eher vielversprechend. – Also?

FB: Im Restaurant habe ich eine Standardbestellung, wenn ich mit den Gedanken anderswo bin … dann nehme ich immer eine *insalata nicoise*. Ansonsten schaue ich, ob ich in der Karte etwas finde, das ich noch nicht kenne. Mein Lieblingsgericht wäre also – ein unbekanntes.

PS: Aber das ist doch hoch poetisch! Das ist Kunst! – Ein unbekanntes Gericht – potentiell eine Erfahrung, von der man nicht weiss: Verfüge ich über die passenden Kategorien und Wörter, um mich ihrer zu vergewissern? Werde ich sie verstehen, über sie mitteilbar sprechen können? – Das dann zu versuchen, sich Wege der Sprache zu bahnen, sie zu erfinden – ist Kunst, Poesie. Man könnte auch einmal probieren, sie zu singen – ob dass sich bei einem Mittagessen aber bewährt, ist natürlich eher zweifelhaft. – Es gibt ja kaum angemessen vertonte Kochbücher; jedenfalls kenne ich keines.

FB: [Murmelt: „Angemessen vertonte Kochbücher …"] – Peter, da wir nun doch etwas vom Pfad einer klaren Diskursführung abgekommen sind, wäre es jetzt vielleicht an der Zeit, Dich nach Deinen Wegen in den letzten Jahren zu fragen. – Kannst Du uns dazu etwas sagen, ohne dass …

PS: Ich will es versuchen. – Schliesslich habe ich nur das zu verbergen, was mir selbst verborgen ist. – Aber wir greifen sozusagen in eine laufende Ermittlung ein. Wie man weiss, wurde ich in frühestem Alter von Eltern und Geschwistern – falls ich je solche hatte – getrennt und wuchs dann unter Umständen auf, die zu erzählen noch immer unpassend wäre. Als ich nach Lacrimonien kam, stiess ich hier auf die Überlieferung der beiden Drillinge. – Und wusste: So wie die beiden Brüder ihren Tertius, den vermissten Dritten, suchen mussten, hatte auch ich eine Suche vor mir – nach den Eltern, den – potentiellen – Geschwistern, meinen Ursprüngen. Nicht dass ich dem Glauben anhinge, Biographien seien nur familienhistorisch ganz zu verstehen – der alte Satz *nobody is an island* ist ja ebenso verführerisch wie falsch. Richtig sollte es wohl heissen: *nobody is an only island*. – Wie auch immer – ich machte mich auf die Suche nach verwandten Inseln; ich reiste viel, oft im Ausland. – So entstanden wohl auch die Gerüchte, ich sei untergetaucht – aber ich war unterwegs. – Aber nun ein anderes Thema, wenn Du erlaubst, eine Frage meinerseits: Es gibt Gerüchte über die Veröffentlichung meiner Gedichte ausserhalb Lacrimoniens: Ist da tatsächlich jemand beteiligt, der nicht zur LAW gehört?

FB: Ja, so scheint es, ein Angelsachse mit spätromantischem Literaturgeschmack und britischem Humor.

PS: Wie schrecklich!

FB: Wir kennen vermutlich sogar seinen Namen, wenngleich nicht ihn selbst. Es soll sich um einen gewissen *Hunk Wildfire* handeln.

PS: Halt – das muss ich vielleicht doch nicht wissen. Spätromantik, britischer Humor und ein völlig idiotischer Name – darüber werde ich nicht so leicht hinweg kommen … – Wenn ich es recht bedenke, möchte ich vorschlagen, wir lassen diese Fragen vorerst auf sich beruhen und alle anderen Dinge vorerst, wie sie sind, und beenden das Interview. – Nein, nicht unser Gespräch. – Denn auch mein Magen macht einen Vorschlag – für eine Reise in gustatorisches Neuland …

FB: Was meinst Du denn jetzt damit?

PS: Nun ja, es gibt selbst hier im Binnenland ein kleines ausgezeichnetes Fischrestaurant …

FB: Ah, ich verstehe. – Also, Peter: Vielen Dank für das Gespräch. Ich hoffe, wir können es in nicht zu ferner Zukunft mit neuen Fragen zu alten und neuen Themen fortsetzen.

PS: Gern – vielleicht, wenn meine Reisen nicht vergebens sind, gibt es ja bald wieder mancherlei zu berichten.

FB: Es wäre mir eine Freude! – Und jetzt …

PS: Jetzt brechen wir auf! – Darf ich Dich zu einem Abenteuer einladen?

FB: Abenteuer? – Klingt hervorragend! – Und welches?

PS: Du wirst sehen – vielmehr schmecken! Der Koch des besagten Fischrestaurants – mit Lieferanten-Cousin an der Mittelmeerküste – versteht sich auf ein wunderbares, spannendes, wohlschmeckendes, überraschendes *fritto misto*, dazu einen passenden Weisswein …

[Beide stehen auf.]

FB: [Hakt sich bei PS ein.] Vor Jahren ass ich einmal ein *fritto misto* … Es sah mich an. – Also, lass uns gehen …

Ein kurzer Überblick über die Mitglieder der lacrimonischen Akademie der Wissenschaften

Baltz, Franny
wurde im Zeichen ihrer erstaunlichen Leistungen sowie des anstehenden Generationenwechsel in die LAW berufen. Hier vertritt sie das Gebiet der kosmologischen Paschotologie und Chaotologie sowie der vergleichenden Literatur-Universalgeschichte, insbesondere jener der ungeschriebenen Bücher.

Zur allgemeinem Verwunderung gelten ihre wissenschaftlichen Arbeiten immer wieder der humoristischen Literatur, nicht jedoch ihr Buch, mit dem sie in Lacrimonien bekannt wurde, den *Untersuchungen zur Rilke- und Celan-Rezeption in P. Sempers „die sinne des lebens"*.

Seit Kurzem, so wird berichtet, hat sie eine Schwäche für französische und vor allem italienische Traditionen der Zubereitung von *frutti di mare* entwickelt. Einmal im Quartal kocht sie für die LAW.

Engel, Dorothee Ursula
Sie gilt als Autorin des bedeutenden, von ihr standhaft verleugneten Langgedichtes *Unmögliche Welten / Unreal Worlds.*

Am GIAS, einer der Institutionen, die historisch als Vorläufer der LAW gelten müssen, war sie designierte Inhaberin des Lehrstuhls für spekulative Kosmologie und die Erforschung der möglichen Welten; an der LAW, die nicht universitär, sondern als private Gelehrtengesellschaft organisiert ist, vertritt sie ebenfalls dieses Fachgebiet, in welches, so ihre öffentliche Überzeugung, auch die Geschichte der LAW fällt.

Jucund, Caspar
Von der Ausbildung her allgemeiner Sprachwissenschaftler, war er am GIAS in der Funktion des designierten Inhabers des „Perhaps-Chair of General, Special, and Unexpected Linguistics" tätig.

Für einen Überblick über seine vielfältigen Interessen und Schriften verweisen wir auf die Bibliographie der LAW-Mitglieder in diesem Band.

Lothar, der Einsiedler

Den Mitgliedern der LAW schon aus der GIAS-Zeit bekannt, lebt er in Lacrimonien so zurückgezogen, wie schon zuvor – falls er überhaupt seine Hütte in den südneumolussischen Wäldern je verlassen hat. Sein Werk steht in der Nachfolge der grossen Arbeiten von Serenus Schweiger. Er gilt derzeit, neben Caspar Jucund, als der einzige Mensch, der das Tazetische noch mit annähernd muttersprachlicher Kompetenz zu sprechen (?) vermag. Leider hat er sich – verständlicherweise – entschlossen, alle seine Arbeiten in modernem Tazetisch zu schreiben und sie – nach dem Walserschen Oblomov-Prinzip[79] – bald nach ihrer Fertigstellung zu vernichten. Dennoch gilt als gesichert, dass seine Arbeiten zur formalen Syntax des Schweigens, für die er Darstellungen in den je aktuellen Versionen der generativen Grammatik (inclusive quartalsweisem Update), der funktionalen Syntax und auch der Montague-Grammatik vorgelegt hat(te), die moderne Linguistik und ihre Theorien über die menschliche Sprachkompetenz und den menschlichen Geist revolutioniert haben – allerdings unbemerkt.

Ferner gilt er als der derzeitige Hüter der *excerpta bibliothecae babylonicae*.

Er schreibt weder Urlaubs-, Weihnachts- oder Geburtstagskarten.

Bisher ist er zu keiner der Arbeitssitzungen der LAW persönlich erschienen.

Einmal im Quartal lädt er die Kolleginnen und Kollegen der LAW auf eine Waldlichtung zum Fasten ein.

Melchior, Pela

Sie ist die zweite jüngere Frau in der LAW. Ausgebildet in Physik und Mathematik sowie Medizin, Ethnologie, Philosophie und Linguistik steckt sie voller Überraschungen. – So gründete sie ein Designbüro, das Gebrauchsgegenstände mit n-dimensionaler Form für die dreidimensionale Welt entwirft. Es scheint ihr derzeit mit einigem Erfolg ihre materielle Existenz zu sichern. – Wie man aus Neumolussien und Wildwestonien hört, scheinen sich ihre nahtlosen Mützen in der Form Kleinscher Flaschen gut zu verkaufen.

In diese Ausgabe des Almanachs tritt sie mit einem Einzelbeitrag erstmals an die ausländische Öffentlichkeit. Er basiert auf ihrer Arbeit *Mathematisch-philosophisches Vade-*

---

[79] Vgl. Walser, Martin. Muttersohn. Reinbek bei Hamburg, Rowohlt, 2011.

mecum der narrativen Medizin. Mit einem Anhang über onto-logische Onkologie.

F. Baltz hat sie zur Mitarbeit an der Geschichte der beiden Drillinge eingeladen, nachdem sie Pelas *The Understanding of Oral Histories in the Framework of Formal Semantics. With Special Reference to this Assignement of Scalar Thruth-Values* gelesen hatte.

Von Lothar dem Einsiedler gibt es keine Bestätigung für das Gerücht, Pela habe einige Zeit bei ihm Linguistik studiert und eine bedeutende Schrift zur Publikationsreife gebracht. Auf eine explizite Anfrage hin erhielt ich von ihm die freund-liche Antwort, sein persönlicher Umgang sei eben persönlich und auch die schriftlichen Beiträge seiner Studenten zum Fortgang der je von ihnen gepflegten Wissenschaft würden, nachdem er sie gelesen und für gut befunden habe – wie seine eigenen Schriften – oblomoviert.[80]

Semper, Pelegrin M.

Er wurde in Lacrimonien als Autor der Gedichtbandes *die sinne des lebens* bekannt. Unbestätigt hingegen sind Gerüch-te geblieben, die in ihm den Verfasser der *Geschichte des Wolkenschiebens. Grundlegung der Transtheoretischen Physik* sehen wollen.

Er gehört nicht zur Gruppe der Kolleginnen und Kollegen der LAW, die schon am GIAS gemeinsam arbeiteten, sondern kam erst nach seiner Ankunft in Lacrimonien und nach dem Erscheinen seiner Gedichte mit ihnen in Kontakt. Als ausge-bildeter Physiker wurde er eingeladen, in der LAW den Be-reich *Quantenpoesie, transtheoretische Physik und Psycho-logie der zellulären Automaten* zu betreuen, eine Einladung die er niemals ablehnte.

Aktuell gilt er als verschollen.

Remit von Balthasar, Johannes Ernst

Er war am GIAS als designierter Inhaber des Lehrstuhls für die Rekonstruktion und Restaurierung der Universalge-schichte und designierter Direktor des entsprechenden Insti-tuts tätig. Dieses Interesse inspiriert auch heute seine wis-senschaftliche Tätigkeit.

In der LAW waltet er ferner als der *gute Geist*, der den Kontakt zwischen den oft heftig reisenden und im Ausland weilenden Mitgliedern aufrecht erhält, ihre Arbeiten betreut

---

[80] Vgl. dazu die Anmerkung im Abschnitt über Lothar, den Einsiedler.

und dafür sorgt, dass das Wirken der LAW nicht verborgener bleibt als nötig.

Viator, Karl

Er gilt als der Autor der *encyclopedia angelorum*, einem Grundlagenwerk der modernen Angelologie.

Am GIAS wirkte er als designierter Inhabers des Lehrstuhls für empirische und theoretische Angelologie, später dann auch für die Philosophie der Migratologie.

Sein Hobby ist die Noelistik.

Kleine Bibliographie zu den Sinnen des Lebens[81]

I. Von Autorinnen und Autoren der LAW

Baltz, Franny; Melchior, Pela. *Die Geschichte der beiden Drillinge. Oder: Tertius non datur. Lacrimonische Schicksale und ihre Legenden.* Erscheint in *Die Sinne des Lebens – Schriften der Lacrimonischen Akademie der Wissenschaften.* In Vorbereitung.

Baltz, Franny. *Untersuchungen zur Rilke- und Celan-Rezeption in P. Sempers „die sinne des lebens".* Kalopont, Lacrimonien: LAW, 2011.

Baltz, Franny. Interview mit P. Semper. In Remit, J. Ernst, Hrsg. *Almanach auf die Jahre 2014/15 für ganz Lacrimonien,* 2014, pp. 83–90. Wiederabdruck in diesem Band

Dept. of Peripatetic Quantum Physics at the OGIAS. Caspar – dead or alive? Schrödinger's Cat, Caspar's Walk and the Quantum Mechanic Stakes of Peripatetic Science. *Intern. New-Molussion Rev. of Omniscience* 1, to appear.

Engel, D. Ursula. *C. Jucund und die Geschichte der LAW.* In Remit, J. Ernst, Hrsg. *Almanach auf die Jahre 2014/15 für ganz Lacrimonien,* 2014, pp. 25ff. Wiederabdruck in diesem Band.

Engel, D. Ursula. *Caspar Jucund und die Geschichte der Lacrimonischen Akademie der Wissenschaften.* Erscheint in *Die Sinne des Lebens – Schriften der Lacrimonischen Akademie der Wissenschaften.* In Vorbereitung.

Engel, D. Ursula [Vermutete Autorin]. *Unmögliche Welten / Unreal Worlds.* Abt. für spekulative Kosmologie und die Erforschung der möglichen Welten an der LAW, Alethopolis, Lacrimonien, in Vorbereitung.

Jucund, Caspar. *Auf den Spuren Spinnazas: Vom sibrillinischen Orakel zur modernen vergleichenden Brillologie.*

---

[81] Sie enthält unter I die Angaben zu Arbeiten der Mitglieder der LAW, auch solche die vor der Aufnahme in die Akademie entstanden sind. – Unter II wird die Literatur von Autoren ausserhalb der LAW aufgeführt, auf die in den bisherigen Bänden verwiesen wurde.

Ein Forschungsüberblick im Auftrag der Dauernd Feucht-Fröhlichen Gesellschaft. Auf hoher See, o.J. – Wiederabdruck in Remit, J. Ernst, Hrsg. *Almanach auf die Jahre 2014/15 für ganz Lacrimonien,* 2014, pp. 39–46. Erneut in diesem Band.

Jucund, Caspar. *Chaos und Bedeutung – Die Semantik ist eine (Attraktoren–)Landschaft im dynamischen Raum der chaotischen Kognition.* Skript zum Doktoradenkolloquium, Institut für Philosophie, Lehrstuhl für philosophische Neurosemantik, GIAS, Neumolussien, o.J.

Jucund, Caspar. *Das Doppel–Passiv im Fluktu–Ambularischen Ein Forschungsüberblick im Auftrag der Dauernd Feucht-Fröhlichen Gesellschaft.* Fluktus, Kleine Spicillinen, o.J. – Wiederabdruck in Remit, J. Ernst, Hrsg. *Almanach auf die Jahre 2014/15 für ganz Lacrimonien,* 2014, pp. 47–49. Erneut in diesem Band.

Jucund, Caspar. *Die unsagbaren Sprachen: Skizzen des Alt-Trollan (Dialekt der Graniten), des Serafischen, des Insel-Elfo und der zwölf Idiome des Fee* (Skript zur Vorlesung mit Übungen, 4–stündig, Institut für Linguistik, Perhaps-Chair of General, Very Specific, and Unexpected Linguistics, GIAS, Neumolussien, o.J.

Jucund, Caspar. *Franziskanische Waldpredigten.* Hektographiertes Manuskript, o.O., o.J.

Jucund, Caspar. *Geschichte und Geschichten – Eine Einführung in die Semantik der narrativen Kognition.* Vorlesungsskript, Institut für Philosophie, Lehrstuhl für philosophische Neurosemantik, GIAS, Neumolussien, o.J.

Jucund, Caspar. *NEO – ONE. Non–Existent Objects and the Ontology of Non–Existents. – Nicht-existierende Objekte und die Ontologie der Nicht-Existenz(en).* Erscheint in *Die Sinne des Lebens – Schriften der Lacrimonischen Akademie der Wissenschaften.* Projekiert.

Jucund, Caspar. *Reden über Sinn an die Gebildeten unter seinen Verächtern.* Erscheint voraussichtlich als Bd. 2 in *Die Sinne des Lebens – Schriften der Lacrimonischen Akademie der Wissenschaften.* In Vorbereitung.

Jucund, Caspar. semantisches exercitium. Klausurtext zum Kurs „Formale Neurosemantik", WS 19xx. Erstabdruck in

Remit, J. Ernst, Hrsg. *Almanach auf die Jahre 2014/15 für ganz Lacrimonien,* 2014, pp. 50f.

Jucund, Caspar. *Typologie der inneren Sprachen: corticale, limbische und kardiale Semanto-Syntax.* Skript zum Seminar, Institut für Linguistik, Perhaps-Chair of General, Very Specific, and Unexpected Linguistics, GIAS, Neumolussien, o.J.

Jucund, Caspar. *Vergleichende Syntax der Pause und des Schweigens.* Vorlesungsskript, Institut für Linguistik, Perhaps-Chair of General, Very Specific, and Unexpected Linguistics, GIAS, Neumolussien, o.J.

Jucund, Caspar. Vom Lachen – Scherzo über ein ernstes Thema. In Remit, J. Ernst, Hrsg. *Almanach auf die Jahre 2014/15 für ganz Lacrimonien,* 2014, pp. 12–23.

Jucund, Caspar. Vor–Gang anstelle eines Vor–Worts: Spaziergänge zwischen Sein und Nichtsein. [Entwurf der Einleitung zu ders. *NEO – ONE. Non-Existent Objects and the Ontology of Non-Existents.*] Erstabdruck in Remit, J. Ernst, Hrsg. *Almanach auf die Jahre 2014/15 für ganz Lacrimonien,* 2014, pp. 55–59. Erneut in diesem Band.

Jucund, Caspar. *Wie romantisch ist die Neurosemantik?* Skript zur Übung, Institut für Philosophie, Lehrstuhl für philosophische Neurosemantik, GIAS, Neumolussien, o.J.

Jucund, Caspar. *Zur kognitiven Konstituierung von Welt in multicorticalen Systemen.* Vorlesungsskript, Institut für Philosophie, Lehrstuhl für philosophische Neurosemantik, GIAS, Neumolussien, o.J.

Jucund, Caspar. *Zur Semantik der Denkpause und des Schweigens.* Skript zum Seminar, Institut für Philosophie, Lehrstuhl für philosophische Neurosemantik, GIAS, Neumolussien, o.J.

Melchior, Pela. *Mathematisch-philosophisches Vademecum der narrativen Medizin. Mit einem Anhang über onto-logische Onkologie.* Ms.

Melchior, Pela. *The Understanding of Oral Histories in the Framework of Formal Semantics. With Special Reference to this Assignement of Scalar Thruth–Values. Ms.*

Melchior, Pela. Was heisst und zu welchem Ende studieren wir ontologische Onkologie? In Remit, J.E. Hrsg. *LEO –*

Lacrimonian Explorations in Ontology. Erscheint voraussichtlich in *Die Sinne des Lebens – Schriften der Lacrimonischen Akademie der Wissenschaften,* Bd. 5. (Eine erste vorläufige und unvollständige Fassung enthält dieser Almanach.)

Remit, J. Ernst, Hrsg. *Almanach auf die Jahre 2014/15 für ganz Lacrimonien.* Erschienen als Privatdruck *Die Sinne des Lebens. Schriften der lacrimonischen Akademie der Wissenschaften. Beiheft 1,* 2014.

Remit, J. Ernst, Hrsg. *Almanach auf die Jahre 2015/16 für ganz Lacrimonien.* Erscheint als *Die Sinne des Lebens. Schriften der lacrimonischen Akademie der Wissenschaften. Beiheft 2,* 2015.

Remit, J. Ernst, Hrsg. *Bevor wir zum Ende kommen … – Späteste Lyrik aus Lacrimonien.* Erscheint voraussichtlich in *Die Sinne des Lebens – Schriften der Lacrimonischen Akademie der Wissenschaften.* In Vorbereitung.

Remit, J. Ernst, Hrsg. *Excerpta bibliothecae babylonicae.* Erscheint voraussichtlich in *Die Sinne des Lebens – Schriften der Lacrimonischen Akademie der Wissenschaften.* In Vorbereitung. Teilabdruck einer kleinen Textauswahl in ders., Hrsg. *Almanach auf die Jahre 2014/15 für ganz Lacrimonien,* 2014, pp. 60-76. Erneut in diesem Band.

Remit, J. Ernst, Hrsg. *LEO – Lacrimonian Explorations in Ontology.* Erscheint voraussichtlich in *Die Sinne des Lebens – Schriften der Lacrimonischen Akademie der Wissenschaften,* Bd. 5. In Vorbereitung.

Remit, J. Ernst. Über lacarimonische Poesie. Ein Nachwort anstelle eines Vorwortes. In Semper, P. *die sinne des lebens. gedichte.* Norderstedt, 2013; pp. 155–159. Erneut in diesem Band.

Semper, P. *die sinne des lebens. gedichte.* Mit einem Nachwort *Über lacarimonische Poesie* von J. Ernst Remit. Erschinen als *Die Sinne des Lebens – Schriften der Lacrimonischen Akademie der Wissenschaften,* Bd. 1, Norderstedt, 2013.

Semper, P. [Vermuteter Autor]. *Eine Geschichte des Wolkenschiebens. Grundlegung der Transtheoretischen Physik.* Abt. für Transtheoretische Physik an der LAW, Alethopolis, Lacrimonien, in Vorbereitung.

Semper, P. *Poetry as a Formal Language. Intensional Logic, the Semantics of Metaphor & Fiction and the Mathematical Theory of Love.* MS, verschollen.

Viator, Karl. *Encyclopedia angelorum.* 1. Aufl. Kalopont, Lacrimonien, 18.04.1991, vergriffen.

II. Von anderen Personen

Altmeister, Fred. o.J. Von „ho hyppos" zu „de Hipp": Über das Darniederliegen der klassischen Philologie in Köln. *Studien zur Geschichte des 1. FC* 1:3–15.

Anders, Günther, *Die molussische Katakombe. 2.* erw. Aufl. München: Beck, 2012.

Anonymus. *Grundzüge der irdischen Sprachentwicklung vom Protoprimatischen zum Posthumanischen.* Ms.

Berger, Peter L. *Erlösendes Lachen. Das Komische in der menschlichen Erfahrung.* Berlin, New York: de Gruyter, 1998.

Berto, Francesco. *Existence as a Real Property: The Ontology of Meinongianism* (Synthese Library). Berlin usw.: Springer, 2013.

Berto, Francesco. Impossible Worlds. *Stanford Encyclopedia of Philosophy,* 2013.

Boheme, Jacky. *Mysticks and Lypsticks in Beautiful Lynguisticks. Studies in the Importance of Wonderful Dreams in Intergalactical Communication.* Bagdad & Houston, TX: Sheherazade Press, 1001.

Borges, Jorge Luis. La biblioteca de Babel. Dt. als: Die Bibliothek von Babel. In *Fiktionen,* 1994.

Caputo, J.D. *The Prayers and Tears of Jacques Derrida.* Bloomington, Indiana Univ. Press. 1997.

Casparus Iucundus, *Die Sprachen des Verstandes, der Gefühle, des Herzens und die lingua limbica,* 1822.

Concurs, Curro. *Hat die Metasprache Metalänge? Über die Ursachen des Sprachverlustes von Marathonläufern während des Wettkampfs.* Wettheim an der Renne: Schnaub & Schnüffel, stets kurz vor dem Erscheinen.

Domin, Hilde. *Sämtliche Gedichte*, 2009.

Eredi, Giovanni (Bekannt als der Mann, der Liberty Valenz erschoss). *Deutsche Grammatik. Ein Abriss, nebst Verriss sämtlicher Satzbaupläne.* Valencia: Treuhandgesellschaft zur Verwaltung des Nachlasses, †demnächst.

Frankfurt, H.G. *Bullshit.* (Dt. Übers. von "On Bullshit". In *The Raritan Review* VI:2, 1986.) Frankfurt: Suhrkamp, 2006.

Freud, Sigmund. Der Witz und seine Beziehung zum Unbewußten. 1905. In ders. *Der Witz und seine Beziehung zum Unbewußten / Der Humor.* (Werke im Taschenbuch). 9. Aufl. Frankfurt a.M.: Fischer, 1992.

Gabriel, M. *Warum es die Welt nicht gibt.* Berlin, 2013.

Geier, Manfred. *Worüber kluge Menschen lachen: Kleine Philosophie des Humors.* Rororo, 2007.

Gemmel, M.; Vogt, M., Hrsgg. *Wissensräume. Bibliotheken in der Literatur.* Berlin, 2013.

Greuli, Terro. *Vergleichende Grammatik der Sprachen Panikstans. Mit kurzen Einführungen in das Hektische, Panische, Chaotische, Krisische und Alt–Infarktische.* Furchtwang: Trauma & Tröster, In letzter Minute.

Haudrauf, Rupp. *Abriss der deutschen Wortbildung.* Fragmentaria im Schuber mit Klemmverschluss. Studien zum Sprach-Recycling 3, monatl. Neuaufl.

Hintikka, Jaakko. Are There Nonexistent Objects? Why Not? But Where Are They? *Synthese* 60 (3), 1984; pp. 451–458.

Jasser, Jasson. *Spiel ums Goldene Vlies. Der Ursprung des Jass–Spiels während der ersten Argonautenfahrt. Eine historische Untersuchung des Jassens bis zur Gegenwart samt einer modelltheoretischen synchronen Deutung seiner Regeln unter Berücksichtigung aller bekannten Varianten.* Bern, Zürich, Basel etc. pp.: Vereinigung kantonaler Jass-Vereinigungen, 1975 – 2175. (Erscheint als *Schweizer Jass-Studien* 1 – nnn; Anzahl der geplanten Bände nicht mitgeteilt.)

Kästner, Erich. *Der 35. Mai.* Diverse Orte u. Jahre.

Kollermann, Emerich. *Der kollegiale Kollektiv–Kollaps und der kollaborierende Kolloquiums-Koller.* Kollermar und

Pannenberg: DFFG (= Dauernd Feucht-Fröhliche Gesellschaft), im Jahre des Zusammenbruchs.

Kummer, O.W. Über die Schwierigkeiten der Neubearbeitung eines 'Sprachatlas der deutschen Schweiz' im Fall des Beitritts Deutschlands als 25. (oder 26.?) Kanton in die Eidgenossenschaft. In R. Hotzenplötzerle ed. *Ist Berndeutsch die Ursprache Europas? Die altsemitischen Einflüsse und ihre Spuren im Dialekt der Gegend um Arch.* Beatenberg: Himmugüegeli-Vlg; Thun: Bern-Express-Presse, erscheint verspätet.

Kuschel, Karl-Josef. *Lachen. Gottes und der Menschen Kunst.* 2. Aufl. Tübingen: Attempo, 1998.

Laßwitz, K. Die Universalbibliothek. In *Traumkristalle*, 1902.

Lavers, Chris. *The Natural History of Unicorns.* New York: HarperCollins, 2009.

Leiser, Lau. Die Lingusiten: Eine spätgnostische Sekte in Köln. Über die Entstehung des mystischen Standpunktes im Universalienstreit. *Gnosis* 2, jederzeit.

Leuninger, Helen. *Reden ist Schweigen, Silber ist Gold. Gesammelte Versprecher*. (Original 1993, Zürich: Ammann.) München: dtv, 1996.

Lofting, H. *Dr. Dolittle und seine Freunde.* Diverse Orte u. Jahre.

Loux, Michael J. *Metaphysics: A Contemporary Introduction (Routledge Contemporary Introductions to Philosophy).* 3rd ed. London, New York: Taylor & Francis, 2006.

Mackie, Penelope; Jago, Mark. Transworld Identity. *Stanford Encyclopedia of Philosophy*, 2013.

Mahler-Müller, Grinda. Universals of Grinding: How to make a mess of masses. In Grinder, Chop. ed. *Stuff from Mill's Unknown Linguistic Mills*. Pressburg: Quetsch & Shredder, allzeit bereit.

Marek, Johann. Alexius Meinong. *Stanford Encyclopedia of Philosophy*, 2013.

Martin, Rod A. *The Psychology of Humor. An Integrative Approach*. New York usw: Academic Press, 2006.

Marx, Leni; Lutzer, Revo. Kollektiva und andere K-Gruppen des Deutschen. Ihre transformationelle Erzeugung durch obligatorische Linksverlagerung. *Linguistischer Widerstand* 1:45-1968, 1968.

Meinong, Alexius. Über Gegenstandstheorie. In ders., Hrsg. Untersuchungen zur Gegenstandstheorie und Psychologie. Leipzig: Johann Ambrosius Barth, 1904; pp. 1 – 50.

Meinong, A. Über die Stellung der Gegenstandstheorie im System der Wissenschaften. Leipzig(?): R. Voigtländer, 1907.

Menzel, Christopher. Possible Worlds, *Stanford Encyclopedia of Philosophy,* 2014.

Mymonk, Chaos. Manche müssen hören, was sie sagen, damit sie wissen, was sie denken. – Zum psychologischen Status der sogenannten „over-extended standard theory". In *Festschrift für Kaspar Hauser anlässlich des 137. Jahrestages seines Wiederverstummens*. Hg. v. P.S.T. Schweik. Tauber-Bischofsheim: Karthäuser-Druck.

Nemo, N. *Nihilistica. Studies in the Vast Field of Deletion: Rule Deletion Rules, Grammar Deletion Rules and Deletion Rules Deletion Rules*. A volume deleted by Negationsrat a.D. Nepomuk Nemo. Leer / O-Friesland; Good-for-nothing, Inc., out of print.

Ney, Alyssa. *Metaphysics*. London, New York: Taylor & Francis, 2014.

O'Nie, Harm. Allviolen und Alveolen. Zur Isomorphie der Triller-Rhythmisierung auf Alveolen und Allviolen, insbesondere der viola di iambi. Erschienen als *Beilage zum Programm der Oper „Fidel-O" des städt. Opernhauses.* Träller-Trillbach: Institut für musische Phonetik, 1977/78.

O'Nie, Harm. *Konsonanten und Konsonaten. Studien zur Form-, Formanten-, Formations- und Formalinstruktur der klassischen Sona(n)te. Unter besonderer Berücksichtigung der Extrapositionsformen in Zugaben.* Träller-Trillbach: Institut für musische Phonetik, 1979.

Parsons, Terence. *Nonexistent Objects*. Yale University Press. 1981.

Patricius, Enzian. Das Moralitätssystem des Deutschen. Eine Bemühung zur Bewahrung der Moralverben, der Tatverben und der Verben der geistigen Regsamkeit, sowie zur Eingrenzung v.a. der Zustandsverben und der Verben der sinnlichen Wahrnehmung. In: Lieutenant Semantics, ed. *Linguistik für ein besseres Morgen.* Edelburg an der Sitte, im Jahr des Kindes.

Pinker, Steven. The Stuff of Thought. London: Penguin, 2007; p 1ff.

Quine, W.V.O. On What There Is. *Review of Metaphysics* 2(5), 1948, pp.21-36. Repr. in ders. *From a Logical Point of View.* Cambridge, MA: Harvard UP, 1980.

Raskin, V. ed. *The Primer of Humor Research* (Humor Research 8). Berlin, New York: Mouton de Gruyter, 2009.

Ratlos, Rüttel. Scrambling rules, infinite Rekursivität und der linguistische Urknall. Warum die menschliche Sprachfähigkeit nicht angeboren, sondern wie angeworfen ist. In ders., ed. *Chaotica. To honour Chaos Mymonk.* Schilda: Huddel und Brassel, 1967 oder 68, vielleicht auch 1972.

Reicher, Maria. Nonexistent Objects. *Stanford Encyclopedia of Philosophy, 2008.*

Rieger, Dietmar. *Imaginäre Bibliotheken: Bücherwelten in der Literatur.* München: Fink, 2002.

Schlinger, Pein. Die Merkmale [hickup] und [exitus] zur Unterscheidung glottaler Klemm-, Reiss- und Schraubverschlüsse in einem vollständigen System der artikulatorischen Phonetik. *Beiheft zu Glottis.* Tschwrschtsch: Tongue Twister & Silence, o.J.

Schleiermacher, Friedrich Daniel Ernst. *Über die Religion. Reden an die Gebildeten unter ihren Verächtern*. (Nachdruck: Philosophische Bibliothek Bd. 255. Hamburg: Meiner.) Berlin: Unger, 1799.

Schütz, Alfred. On multiple realities. In ders. *Collected Papers I*. Den Haag, 1962, p. 207ff.

Schwab, G. Sagen des Klassischen Altertums. Diverse Orte u. Jahre.

Schweiger, Serenus. *Die pausitischen Sprachen, mit besonderer Berücksichtigung des Tazetischen, des Silen-*

zischen und der Küsten-Dialekte des Fatofob. Eremiten-Vlg., Jahr verschwiegen.

Schweiger, Serenus. *Einsilbler und Einsiedler. Die deutsche Pausendichtung und ihre historischen Schwundformen.* Eremiten-Verlag, o.O., Erscheinen abgesagt.

Spinnaza, Bagatellus *De formarum perspicillarum variationibus et similitudine.* Schloss Rimon, o.J.

Synn-Thrax, Dr. med. Dyonysius. *Warum die Konzepte „Fünfgangmenu" und „Weinprobe" angeboren sein müssen. Erste Früchte und Erträge der regenerativen Grammatik, geerntet und eingefahren von Dr. med. Dyonysius Synn-Thrax.* Preisschrift des Kölner Langustenvereins. Bacchus-Verlag.

Van Inwagen, Peter. *Existence: Essays In Ontology.* New ed. Cambridge: CUP, 2014.

Walser, Martin. *Muttersohn.* Reinbek bei Hamburg, Rowohlt Vlg., 2011.

Weinerlich, Knarralt. *Temporäre Temporaltempora. Urzeit, Frühzeit, Jetztzeit und Spätzeit zur Unzeit.* Ur: Chronos-Vlg.; 1. bibliophile Hieroglyphenausgabe in Marmor verschleppt; 2. verwässerte Ausgabe beizeiten in trockenen Tüchern. Unterstützt aus Mitteln der Tempo-Stiftung.

Weissgelber-Weissselber, L. *Tür und Tor zur Muttersprache.* Nebst einer Hintertür von H. Blinkmann und H. Grins. (= Zugänge und Aufstiege zur Inhaltsbetrogenen Grammatik, 3. Stufe.) Schwannensee bei Rüsseldorf, selbstverlegen geworten über Jahr und Tag.

Williams, Charles *Descent into Hell.* 1937.

Zahner, Veit. Dentalica: Möglichkeiten einer dentalistischen Sprachtheorie. Meditationen über „root-transformations", „gapping" und „bridging". *Zeitschr. f. Theoret. & kogn. Zahnheilkunde* 50, 1982, Beiheft. (Enthält ferner u.a.: Ders. Das germanische Dentalpräteritum im Zeitsystem von Gebissträgern.

Inhaltsverzeichnis